COLLECTION LIGNES FICTIVES
dirigée par Cécile Bourguignon

Le jour
où je n'étais pas là

En application de la loi du 11 mars 1957, il est interdit de reproduire intégralement ou partiellement le présent ouvrage sans autorisation de l'éditeur ou du Centre français d'exploitation du droit de copie (CFC), 20, rue des Grands-Augustins, 75006 Paris.

ISBN 2-7186-0543-X   ISSN 0223-7083

Hélène Cixous

Le jour
où je n'étais pas là

Galilée

Comment enfouir le souvenir d'une faute qui revient d'un lointain passé ? C'est l'aube, elle revient encore, il faut absolument l'enfouir. Je l'enfermai dans un pot de terre. Puis je creusai à même la terre durcie et froide et bien profondément. Sans bien sûr dire à personne ce qu'il y avait dans ce pot. Puis je l'enfonçai – un pot de la dimension d'une petite marmite d'un kilo – dans le sol – et je recouvris longuement le trou de terre, de glaces, et cela malgré la présence de passants et d'enfants qui n'avaient pas la moindre idée de ce que je faisais disparaître dans ce petit cercueil improvisé.

Je me lavai les mains, essuyai sur mes joues des larmes qui m'avaient échappé.

Mes crimes, pensé-je, je les ai tous commis en Algérie. Celui-ci, c'est une faute, et ce n'est pas la mienne.

TU TE GARDES DU NIAIS, me dis-je, et j'ouvris les yeux. Toute la nuit je l'avais tenue à distance, sans toutefois la chasser, car chasser une présence, en se levant, ou en lançant un sifflement menaçant, c'est ce qu'il ne faut pas faire, on doit continuer ferme à sommeiller, malgré les froissements indécis dans le coin près de la fenêtre, peut-être est-ce la chatte, peut-être la présence, la sagesse est de ne pas remarquer en insistant sur la sérénité jusqu'à ce que la chose se dissipe.

Il a toujours été doux et conciliant, pensé-je, et je me vis penser par pensées furtives en utilisant le pronom personnel à la troisième personne, afin de ne pas donner au menu visiteur une chance de familiarité. Mais ce système de défense je ne l'élevais pas exprès. Il s'élève de lui-même comme un épais mais translucide brouillard entre mon corps et les envahisseurs. Je ne laissai même pas son nom palpiter sur mes lèvres. Mais le nom flottait en berne dans ma pensée, emblème d'une fatalité aux dents amères, comme le mouchoir ensouillé de deuil qu'une mère agite sur le quai de la gare. Le train s'ébranle lourd, l'enfant part. Sans le savoir on sait que c'est pour toujours.

Est-ce que je savais moi lorsque je me gardai de le regarder partir, niant tout, niant la nécessité, niant l'événement, niant la prédiction, niant l'erreur et la vérité, niant la cruauté, niant l'innocence, niant les paroles de patience et d'espérance, niant en bloc et toute faute, niant les faits, les traits, les yeux, la bouche la langue les mains le nez, est-ce que je savais que je niais qui je niais, est-ce que je savais que je le gardai dans moi hors de moi, dès cet instant dans le hors de moi qui fait, au creux miné de ma nuit, un nid où couve pour toujours mon petit niais ?

Devant *lui*, pensé-je, tous les mots d'être, d'avoir, de pouvoir, d'aller, tous ont vacillé et plié. Voilà pourquoi il me fut toujours difficile d'en parler, faute de langue.

Fossile de faucon niais, voilà *ce qu'il est* ; mais pourtant ça remue et ça froisse doucement sans violence comme un spectre tâtonne en cherchant le loquet qui entre-temps a changé, chatonnant à la porte sans se douter nié.

Où étais-je à l'heure de la gare ? Entre ma chambre et la maison de ma mère s'étendaient plaines, plateaux, montagnes côtières, mers, nulle part je ne vois le seuil de sa disparition. Elle a dû le mettre dans un panier. Elle a dû le couvrir d'un drap, c'est suffisant par cette chaleur. Elle a dû prendre l'avion avec le petit conciliant né. Plus tard il réapparaît dans les pièces de la Clinique d'accouchement c'est là que je me penche encore une fois sur son berceau venant de loin, je me souviens du triple hochet aux couleurs vives agité devant sa face, moi je jouais avec le hochet je me souviens, je scrutais le visage éloigné, depuis la terre je n'arrivais pas à voir l'expression du visage de la lune, cela ne signifiait pas qu'il n'en avait pas. Les yeux crispés, j'essayais en vain quand même j'essayais, faible de vue, de le mettre à jour.

C'est le 1er mai 1999, mon fils le vivant est passé en coup de vent chercher le livret de famille. Sur le seuil le vent mon fils me propose d'aller au cinéma où je ne vais jamais. Il sort. C'est la première fois de toute ma vie que le livret de famille sort de la maison. Mes seins gonflent. Messages. Ce sont les fils, me dis-je. Les fils ne passent pas. J'écoute la radio. À l'aube commence l'énumération du Quotidien des Crimes. Le reste ne m'intéresse pas. Depuis quelques mois, ouvré-je un livre, déchiré-je une enveloppe, je suis choisie par les démons. Je pourrais leur échapper, mais je ne le fais pas. J'entre dans les cages, je marche sur leurs excréments. Je m'extasie.

Je cherche une explication.

Dans le courrier une enveloppe dit : Ouvrez ! Photo ! Roumanie ! J'ouvre. Sur la photo une petite fille aux yeux tout droits. Elle tend un bras et de l'autre côté un petit abricot rosé. Je regarde de plus près. C'est un moignon, un fruit flétri. La lettre conte. La petite fille normale sourit, sans méfiance, une vraie, le moignon est mignon. La lettre explique. La petite Irina deux ans a été dévorée une nuit jusqu'au bras par une autre Irina, douze ans, qui mourant de faim a mangé jusqu'à ne plus pouvoir. Commençant par les doigts ? Par l'avant-bras. La petite a crié ? Elle a hurlé de douleur dans l'orphelinat orphelin mais une soignante exténuée pour quatre-vingt-seize enfants dans une pièce n'a pas voulu se lever. Dormir ! Dormir ! Je veux dormir, elle criait en dormant. C'est tout ? La lettre ne sait pas quoi dire. Pauvre Irina, pauvre Irina. Quelle innocence ! Quelle innocence ! Plus tard on n'a plus le courage de l'innocence, on se laisse mourir de faim. Quelle cruauté : les mots : innocence : cruauté. La faim se jette dessus et n'en fait qu'une bouchée. Ou bien Irina s'est arrêtée de dévorer alors qu'elle avait encore faim mais moins faim quand même ? Que de questions ! Qui répondra d'Irina et d'Irina ? Est-ce qu'elles sont encore de ce monde, me demandé-je ? Mais qu'est-ce que ça veut dire monde ? Il n'y a jamais eu de monde, il n'y a jamais eu de monde monde.

C'est la faim qui a dévoré l'avant-bras et la main. Je dis *dévorer* et non manger car pendant le repas Irina ne mangeait pas, elle se dépêchait, sans réfléchir. Maintenant Irina et Irina sont bien vivantes quoique diminuées et augmentées. Il n'y a pas de mal, seulement une tragédie. Tout est de l'autre faute.

Comment s'appelait la soignante dans cette histoire ? « Irina » je prononce doucement le doux nom qui ne sait pas ce qu'il dit dans le vide et l'absence. Paix, maintenant ! Puis j'ai rempli un chèque, pour avoir regardé la photo. N'étais-je pas rentrée sous la tente du cirque ? Quand on regarde un enfant monstrueux conduit par deux hommes et une nourrice qui se disent être l'oncle la tante et le médecin pour tirer quelque sou de la montrer à cause de son estrangeté, on doit préparer la monnaie. Et chaque fois de se demander combien – combien ça vaut, cette peine inestimable. Tout est calculé : c'est comme ça : on paie ; et on jette la photo dans la corbeille à papier, ou inversement. Paie, maintenant. Des millions de photos de moignons dans les corbeilles à papier. En jetant, je ne jette rien que mon regard malheureux d'avoir vu. Mais c'est trop tard.

J'ai obéi à l'ordre de l'enveloppe : Ouvrez ! Entrez ! Voyez !

Alors ma mère a dit : – Je pense que l'argent qu'on envoie là-bas, on ne sait pas dans quelle poche il va. C'est absolument atroce, on ne peut même pas imaginer une chose pareille. Et aucun des autres enfants ne se sont réveillés ? Il ne faut pas croire tout ce qu'on dit. Ça c'est de la publicité. Tous les enfants ne sont pas des monstres. Toutefois tout est possible.

Je vais acheter des moules pour ce soir, ils sont très frais chez le producteur.

Je voyais bien qu'elle pensait aux moules dans lesquels Dieu façonne l'infinité des formes de son ouvrage y compris ma mère, moi-même, les Irinas et tout ce que nous appelons contre nature (mais qui pour Lui n'est rien d'étonnant).

Le téléphone vient de sonner un coup. Il n'y a personne. Lorsqu'il n'y a personne au téléphone, j'entends bien que c'est Dieu qui pense. Je dis : oui, oui, au téléphone et je raccroche, sans coupure. Je me dis bien que ce n'est peut-être pas Dieu mais au contraire, c'est peut-être une erreur, mais je n'y crois pas. Je crois seulement que c'est Dieu, donc c'est.

Tout en ce monde et dans les autres dépend de notre lecture.

MON CHIEN À TROIS PATTES

ARCHIVES DU 1er MAI 1999

C'était le premier bleu jour de l'an. Je commençai par un lapsus c'est le premier bleu jour de l'ange dis-je. Mais ma mère n'écoutait pas. Nous partîmes très tôt au Bois. Je veux toujours arriver avant tout le monde. – Où ? – Où. Où ça commence. Juste avant le bruit et la fureur, peut-être. Cela se passe chaque année : je vais au Bois augmenter mon livre de jours à ne pas oublier. – Ne pas oublier quoi ? – Ne pas oublier : se revenir. Il s'agit de repasser par les mêmes allées, il y a chaque année ce non-miracle miraculeux du recommencement et du rebourgeonnement. C'est la loi. Et pourtant : je n'en reviens pas. Nous constatons que nous sommes encore là. Pas d'oubli dans les allées. Puis il y a eu déchirement du silence murmuré. Les traumas ont commencé. Le lac violé : sacs en plastique simulations de charognes informes, *cans* cabossés. Deux oies grises hurlaient alarme comme des sirènes sur la rive : c'était un cygne qui croisait, le cou durci : Interdit aux oies ! Interdit aux oies ! Les deux oies n'osaient pas et hurlaient hantées par des pressentiments d'égorgements. Eau interdite ! croisait le cygne brandi. Je suis descendue vers la rive armée de chatons, avant toute mémoire, armée de chatons de marronniers trop légers que j'ai violemment jetés par poignées vers le cygne criant coléreuse méchant ! mauvais cygne, mauvais méchant ! Va-t'en ! Va-t'en ! Notez que je ne l'insultai pas, l'ennemi étant un cygne, je ne criai pas salaud ! ni brute ! ni ordure. Je criai cygne, je l'assignais va-t-en va-t-en. Lentement le cygne a viré obéissant. Aussitôt les deux oies ont pris la mer.

J'ai pensé à la méchanceté. J'ai pensé à l'impuissance. J'ai pensé à la volonté de puissance et à l'impuissance de la volonté et à la force de la puissance. J'ai pensé au ressort de l'âme : comment penser ce qui ne se pense pas sur le moment où ça s'agit.

Et à quel dieu les deux oies hurlaient-elles leurs prières et leurs imprécations ?

Au canard qui tentait hier de noyer sa cane et je n'y pouvais rien ou du moins je ne pus rien. Il l'enfourche il tenaille la petite tête beige dans son bec et il la maintient sous l'eau pour l'anéantir. J'ai crié. Hier aussi. Un sourd. Je pouvais crier. La puissance de l'assassinat était absolue. Mes cris séchaient dans l'air. Je ne suis pas entrée tout habillée dans l'étang pollué. Je dis la vérité. Je me suis éloignée, dégoûtée. Je n'ai plus pensé au canard à la cane. Mais les cris inaudibles de la cane sous l'eau de mon arrière-pensée se sont ajoutés à tout ce qui nous empêcherait de vivre si on s'y arrêtait.

Nous fûmes sur l'île nichée au milieu du lac. Qu'est-ce qu'une île de lac ? Pendant quelque temps toute personne persécutée s'y trouve recueillie, c'est le berceau, et c'est le piège. Une fois passée la trêve on y est pris et assiégé. Nous étions embarquées sur l'île et c'était le luxe doux de la métaphore, barque maison abri arche désert c'est alors : alors cessa mon éphémère surdité. Il y avait un quart d'heure que je me gardais d'entendre le cri lointain, l'ouïe occupée par les zézaiements de jeunes mouches à peine formées. C'était un aboiement qui, une fois entendu, devint inextinguible, inévitable. L'être insistait, surhumainement. Nous étions toutes sous un affreux charme : ma mère, ma fille, moi, une petite dame de grosse taille et deux chiennes humanisées de rubans et de barrettes dans les cheveux, toutes les six nous ne fîmes qu'une envoûtée par l'aboi lointain. – Qui est-ce ? dis-je. – Depuis une demi-heure. Dit la dame arrêtée depuis une demi-heure par la note d'espoir ininterrompu. Tant que le cri dure on est arrêté. C'était une voix jeune et qui criait criait criait ne respirez pas crier ne respirait pas crier criait. On ne peut vraiment pas s'en aller. C'est *à toi* que cette voix s'adresse. Finalement je l'ai vue. Je l'ai vue un peu, pas très bien. À cause de la fraîcheur, de la jeunesse, j'ai demandé qui crie là, quelle créature, qui a cette voix d'ange ? – C'est un chien de Tintin, a dit la dame des fillettes enrubannées. Et elle avait l'air chose : luttant pour que la chose ne devint pas la pitié redoutée. À ce moment-là enfin j'ai vu le chien, et je ne pourrai plus jamais faire que je ne l'aie point vu. Au milieu du pré de printemps au manteau tendre, de l'autre côté du lac, crie crie crie un fox-terrier blanc bien dessiné avec une tache noire sur le flanc gauche, il appelait comme un esprit qui ne connaît pas le découragement. C'était si long, il me naquit une interrogation. À la fin il sauta, il jaillit du tissu de pré et j'ai vu qu'il sautait sur trois pattes, il a trois pattes dis-je, il n'a que trois pattes dit ma fille, il lui manque une patte dit la dame, il n'a pas la patte arrière droite dit ma mère, cette patte elle nous a manqué à toutes subitement, ou plutôt elle nous a frappées, il courait vite en courant de toutes ses forces à droite à gauche pendant ce temps une dame est arrivée sur un vélo. Elle s'est arrêtée et elle a rendu compte, disant : il n'est à personne, et il n'y a personne. Et elle a dit : ils l'ont abandonné, c'est le

1ᵉʳ mai. C'était le 1ᵉʳ mai jour où ils abandonnent le petit chien, à trois pattes ça suffit, on ne tue pas, le jour d'abandon il fait toujours très bleu, le pré est une allusion humaine, il n'y a personne sur la terre, au moment où ils le déposent dans le pré le chien a un petit sursaut d'ivresse, l'herbe est si parfumée cela ne l'empêche pas d'avoir honte car il sent tous les parfums de toutes les pensées, et quoiqu'il ne soit pas coupable il y a faute, faute de patte, faute de temps, faute de patience, faute de tolérance, toutes ces fautes ne sont pas de sa faute mais elles lui reviennent quand même, à cause de sa faute de patte, il en faut un pour porter le poids des péchés de la famille, alors c'est lui, c'est lui qui n'a pas réussi à se faire pardonner.

La dame au vélo disait : pas de gardien le 1ᵉʳ mai. Jour d'abandon et sans témoin. La dame aux chiennes a dit : il finira par s'approcher d'un restaurant. Et puis elles sont parties.

Remis au hasard, l'abandonné gambadait criant : gentil ! gentil ! gentil ! Je suis gentil. D'ailleurs avec trois pattes on peut fort bien courir sauter manger jouer, c'est seulement un peu moins de pattes, ça n'empêche pas d'exister, je suis gentil ! gentil ! gentil !

Moi je ne dis rien. – Chaque année ils abandonnent le 1ᵉʳ mai a dit la dame au vélo.

1ᵉʳ mai fête de l'abandon. Au lieu de tuer. Le chien acquitté. Pardon ! Pardon ! Pardon. Pardonné.

Et moi aussi ? Et moi aussi. Et toi aussi.

Que faire

J'ai abandonné

J'ai été abandonnée

Et c'est cela qui nous a toujours abandonnés,

– La Réponse –

Déjà quand j'avais trois ans et tellement d'abandons et d'abandonnés, dont moi aussi,

je ne savais pas, déjà je ne savais pas que faire avec tellement et tant d'abandons

Déjà je me sentais tellement lâchée d'une part et d'autre part lâche

et toute remordue de savoir me demander déjà à trois ans et de jamais-ne-savoir quoi comment répondre, avec tous ces abandonnés de la terre que faire,

avec tous ces chiens à l'image desquels nous avons été créés pour être parabandonnés, punis d'avoir perdu une patte ce qui pourtant n'empêche personne de courir et crier très fort et supplier disant « je-suis-quand-même ».

Déjà quand j'avais trois ans, à Oran,

qu'est-ce que j'aurais dû pu su tu vu

alors que déjà j'étais athée sur la terre

criant pendant un quart d'heure sans interruption

le cri pourquoi m'as-tu abandonné.

Je ressemblais d'avance à rien qu'un fox à trois pattes

Le pire ce n'est pas d'en avoir moins c'est pour ce moins qui n'empêche pas d'exister de devoir être abandonné le 1ᵉʳ mai

chaque année tous ceux qui sont chassés dans le pré n'avoir que trois pattes sur quatre est-ce un crime à force de chasser la pensée

– dois-je aller chercher le chien –

mon cœur a basculé en arrière – en avant – en arrière

– en arrière – pendant une minute entière –

Ma mère à côté de moi a pensé : si tu ramasses ce chien, je claque la porte, et je m'en vais.

À côté j'ai pensé : ah ! si tu n'avais pas été à côté de moi ! Puis l'angoisse. Tristement angoissée : l'aurais-je adopté ? s'est posée la question en moi – et je n'ai pas su répondre clairement : oui.

Parce qu'à ce moment-là la chatte a pensé en moi : si tu ramènes un animal à la maison comme tu me l'as fait l'an dernier, ouvrant la porte avec dans tes bras que je croyais miens une autre créature, j'éclate en terribles sanglots de chat et je laboure tous les visages de mes griffes jusqu'à ma mort.

Ma fille à côté de moi a pensé : je vais pousser un cri déchirant je me déchire, je suis déchirée. Allons-nous-en, allons-nous-en, je suis en sang.

En conclusion –

En conclusion j'ai pensé : cher chien chéri à trois pattes, tout nous sépare y compris moi-même.

Lui avec sa terrible liberté de chien qui priait : prenez-moi, priait et priant croyait. Croyait. Ma mère a tiré sur ma laisse. J'ai suivi. Le chien me suivait des yeux, j'avais son regard dans le cou. Tête baissée j'ai repris le sentier avec ma mère.

– Un chien à trois pattes il faut l'abbbbattre, et c'est tout, a dit ma mère en quadruplant le b du mot abattre, et en l'abattant devant moi avec toute la force de sa conviction. Car pour frapper elle ne se sert jamais ni d'un couteau ni d'une arme contondante ou tranchante : elle opère par multiplication des consonnes.

Elle a glissé son bbras sous mon bras

et j'ai laissé l'abandonné courir à droite à gauche à toute vitesse dans le pré. Lointain. De loin, sa voix éloignée. La parenté augmentait. Sa voix traversait le monde. Quelqu'un d'autre que moi répondra ?

Encore un chien que je n'ai pas sauvé. Je marchais parmi les rosiers, cœur en sang, pétales serrés. Ma chatte naguère fut sauvée qui en étant sauvée alors me sauva, et depuis je n'ai pas sauvé d'autre créature ni d'autres créatures ou peut-être ai-je sauvé pas exprès depuis je n'ai pas été sauvée, mais tout m'en a empêchée, je ne vais pas accuser personne, ma chatte ne veut pas me partager et je ne la combats pas, j'ai déjà chassé deux chattes par amour pour ma chatte par faiblesse et par force, par force, forcée, mais je ne vais accuser personne, personne ne veut partager et moi aussi non plus je ne veux pas me partager en chattes opposées et je ne me combats pas.

Je voudrais trouver le raisonnement qui pardonne.

Je suis une femme qui a toujours des tribunaux dans la tête, tout cela parce que je n'ai pas été déportée, cela ne peut ni se regretter ni ne pas se regretter ni se dire, cela ne peut qu'essayer d'user les épines des roses, essai sempiternel, ma mère non plus n'a pas été déportée, et elle ne se déporte jamais de son chemin tout droit, sans regret et sans regret de regret. Tandis que moi, séparée de la déportation par un pré verdoyant et une mer très bleue j'ai toujours sous le crâne des juges qui m'abandonnent à une cuisante absence de châtiment.

Plus tard dans la matinée, avec tous ces animaux dans la tête, les uns femelles, les autres menaçants, les confiants, et les oiseaux auxquels je pense toujours que ma chatte pense, j'ai oublié le fox-terrier.

En rentrant j'ai raconté tout cela à ma chatte. Elle s'est roulée dans la lumière de mai à mon image, offrant son ventre blanc à mes lèvres dont elle n'a pas à craindre le partage. Je lui ai souri, il n'est rien qu'elle aime autant que mon sourire, je lui ai souri avec un peu d'abandon collé dans mes entrailles.

Étendues sur le lit, j'ai feuilleté le gros livre de photos d'archives de l'Algérie. Toutes les photos, juifs, arabes, colons courageux notables, femme Kabyle, riche Européen et sa femme, de 1882 à 1945 et personne ne sourit aghas, cavaliers, caïds, servante noire, digne vieillard, joueurs d'un jeu d'échecs, chef de douar, marchand de sucreries, ouled-naïl, femme-libre-capable-d'inspirer-Delacroix, famille française installée à Miliana, colons en passe d'être riches, voyageurs de l'autobus Sétif-Constantine et personne de 1882 à 1945 pour sourire.

J'ai vécu dans ce pays. Je savais.

Déjà quand j'avais trois ans, à Oran, boulevard Séguin, je voyais les photos que ce pays allait laisser. Je remontais les rues fumantes en courant très vite pour empêcher ma patte coupée de me faire chanceler. Mais je n'ai jamais pu dépasser la place de la Cathédrale sans être arrêtée, pétrifiée par l'énormité de cette face durcie dans l'or.

Tout le temps où je vivais en Algérie mon pays natal en ne cessant pas d'aller à l'école puis au lycée comme en exil, je rêvais d'arriver un jour en Algérie pourtant mon propre pays natal, de finir par trouver la porte d'entrée tandis que je me rendais tous les jours au lycée en parcourant un couloir de rues irascibles à mes yeux, et pourtant si parfumées, longeant ces murailles invisibles réservées aux immigrés qui se mettent en marche à leurs côtés dès qu'ils vont d'un

point de la ville à un autre, je rêvais d'entrer un jour
dans mon propre pays natal comme j'entrais dans la
mer hospitalière, de m'y fondre, d'en être, de ne plus
rôder à l'extérieur du corps de ma ville en pleine
ville, ce qui m'arrivait quotidiennement, même sur
la place de la Grande Poste, même place du Gouver-
nement, même place de la Mairie, même place de la
Cathédrale, je désirais ardemment être un jour
invitée à une fête de noce ou de naissance, et alors y
aller le cœur battant, pénétrer enfin dans le sein des
miens et en naître comme un être humain ou un
autre, comme l'étaient tous les autres êtres humains
sauf nous, je me voyais enfin avec du henné sur les
paumes des mains et des pieds, je me voyais me
bourrant enfin la bouche de couscous aux fèves et au
petit lait, les mains pleines de semoule sucrée, la différence avec les couscous chez ma grand-mère étant
le henné et les mains, mais je n'ai jamais trouvé sur
mon passage que des portes d'entrée fermées, je me
vois frapper à une porte vert olive ou une porte vert
amande à coups de petits poings en couinant :
Entrez ! ou bien Entrée ! longuement pour rien dans
l'ignorance où je demeurais du mot de passe, s'il y en
avait un. Une autre différence ou un autre malentendu c'est que je souriais. Sur toutes les photos je
peux me voir sourire, je souriais toujours, c'était plus
fort que moi, alors que les autres ne souriaient pas et
peut-être offensais-je leur non-sourire et sans aucune

raison, aucun habitant des Deux Mondes n'ayant aucune raison de sourire sans méfiance pendant que je vivais en Algérie. Avec ma bouche ouverte et toutes mes dents étalées luisantes j'étais comme une blessure que je ne cessais de commettre alors même que j'aurais tant voulu guérir la plaie. Ma souriance m'échappait, je m'ouvrais, je signifiais entrez, je mimais ce que je voulais et non vraiment ce que j'offrais, je languissais pour des visites, j'attendais des voyageurs, j'avais l'âme d'une aubergiste installée au désert, venez, venez, disais-je et je suivais des yeux avec dévotion les hirondelles pointues qui taillaient au ciseau la hauteur bleu métal. Personne n'est venu. Nous étions une famille trop veuve, trop femme, trop fille, nous étions mal, nous étions repoussante et pas voilée. Et moi confiante, en une attendance têtue de personne. Sans peur mais non sans angoisse tous les matins, le cartable à la main je repartais essayer de me faire admettre dans le sein des seins dans cette ville natale Oran suivie d'Alger qui ne tardait pas à se dérober derrière un déploiement de brumes et de voiles, je courais aveuglée guidée au flair entre des colonnes de parfums épicés, tandis que devant moi s'effaçaient à mon grand désarroi, escamotés par un tour de magie incompréhensible, tantôt la Cathédrale dont il restait comme preuve la statue à cheval déjà à moitié engloutie, tantôt le Théâtre Municipal, tantôt l'entrée du port et les quais noyés où surnageaient de gigantesques tonneaux de vins, chaque fois tout avait été mais m'était sèchement refusé, et je ressentais ces retraits à moi adressés comme une fatalité de trahison, ce n'était pas juste, je ne m'y résolvais pas, toute cette ville que je n'aimais pas moins se liguait dans une tentative de déstabilisation en s'en prenant à ma vue, argument puissant pour la grande myope que je suis car ces brumes violentes, ces évanouissements de musées et d'églises, ces tortuosités soudaines d'avenues, c'était peut-être mon méfait et ma faute, c'était peut-être moi qui mévoyais ce qui demeurait sous mon nez. Et toujours promptement je m'accusais du tort que je subissais.

Un soir que je sors du Théâtre après la leçon de danse me voilà saisie de boiterie. Cette fois l'enchantement s'en prend à mes pieds, j'avance comme si je reculais, mes sandales m'attaquent, j'ai deux chiens aux chevilles, l'un m'écrase les orteils, l'autre divague au talon, je marche en trébuchant, percluse, piégée, il fait déjà nuit lorsque je parviens à échouer à la maison, je tombe enfin j'ai le droit de tomber puisque je n'ai plus à préserver publiquement ma fierté, je m'écroule, repliée sur mes genoux la tête ballante. Alors je vois à mes pieds deux souliers inconnus, l'un brun et l'autre gris que je n'avais encore jamais vus, causes de ma misère et conséquences de ma myopie irréfléchie et de ma crédulité.

Car je vais droit toujours au surnaturel en Algérie. Pendant ce temps mes propres sandales abandonnées au vestiaire où personne n'aura voulu se les infliger. On se trompe de souliers et c'est l'exil l'errance et la solitude. On marche avec des pieds tordus, moqueurs, étrangers, et tous les temps sont détraqués, l'abri s'éloigne à l'infini, la route se lève tout droit en paroi raide devant ce corps inhabitable sans ses pieds. Et toute cette magie de ma ville à pied de vue. Une ville que je faisais à pied en tous les sens. Perdant le temps, le sang, mais pas la terre.

ENCORE LE 1er MAI

Mais plus tard, je prends le métro sous la terre pour aller au Cinéma. J'allais voir un film que je n'ai pas envie de voir mais c'est un devoir je le sais. *Un Spécialiste*. Un nom repoussant. Mais poussée par mon fils le vent et tirée par le mot qui me repousse, tiraillée je m'y rends en passant par l'obscurité. Dès qu'il y a *espèce, spécial,* je suis crispée. Aller voir *le spécialiste* c'était toujours livrer toute la mesure de ma myopie au Cyclope. Plus précisément livrer mes deux yeux frissonnants comme deux agneaux aux yeux troubles au jugement. Pour voir le film qui s'appelle *Un Spécialiste* il faut avoir dans l'âme une région soigneusement isolée du reste de l'être afin que la suinteur du mal ne puisse se répandre indéfiniment. Dire que j'avais envie de le voir demande une explication : c'est justement le film qu'on n'a *surtout-pas-envie* de voir qu'on a quand même envie de voir, justement pour cette raison, parce qu'il y a refus répugnance et danger, c'est pour cela qu'un jour j'ai fini par lire un livre que je ne voulais *surtout-pas-lire* car dès que je l'ai ouvert j'ai vu qu'il se passait entièrement dans un sanatorium ou un autre, lieux que je m'efforce de ne pas écrire *satanorium* par lapsus, or pour une raison ou une autre s'il y a un endroit au monde que je redoute plus que la prison et le camp c'est, pour ce qui nous y arrive de maléfique comme métamorphose, l'endroit appelé du mot latin sanatorium ; et de même j'ai une répugnance pour le mot latin en français *spécialiste*, et de même pour le même mot latin en allemand. Et de la même façon au terme d'un combat contre moimême et que je perds je finis par écrire un livre que je ne voulais *surtout-pas-écrire*.

Le destin c'est que nous finissons par faire ce que nous ne voulions *surtout-pas-faire*. Et cela je ne me l'explique pas bien.

Depuis longtemps je ne voulais pas aller voir *Un Spécialiste* jusqu'au jour où convaincue par mon fils et vaincue par moi j'y suis allée, parce que ce jour étant le 1er mai c'est ce que j'avais à faire. Il n'y avait rien d'autre à faire. Sauf à me rendre à ce récit. Ce jour-là jour chômé, jour encerclé, jour isolé, jour enclavé, jour de mémoire et d'abandon, jour dédié au travail et à son contraire, jour contraire, jour de guerre et carnaval j'y suis allée, comme au sanatorium mon père, pour m'y rendre malade. Les minutes du procès Eichmann je me devais. C'était le travail que j'avais à faire ce jour-là. Et en plus c'était samedi. Il n'y avait que de la loi et pas d'interdit, ou bien seulement tout l'interdit qui bat dans la loi : tu iras. Alors j'obtempère. J'allai. En chemin je n'ai acheté de muguet ni à droite ni à gauche je l'ai bien remarqué. J'allais droit au sana et pas de flânerie – ce n'était pas jour de bois et de pré pour moi. J'avais à me rendre où je savais que je devais m'attendre. À l'interrogatoire.

Durant toute cette journée je descendis souvent sous la terre, je remontai de sous la terre, je marchai sur la terre, je traversai des ponts des heures entières, je longeai des chemins sans nom c'était le printemps je vis un coquelicot tout seul allumé tout en haut de sa hampe je descendis plusieurs fois sous la terre, j'y fus surprise par mes morts, surtout l'un, un de mes fils, auquel je ne pensais plus jamais, et qui me revint de a à z ce jour-là, j'ai pleuré, parce qu'il n'y avait personne, personne pour pleurer mon chien, personne pour se souvenir de lui, je ne pense plus jamais à lui, je traversai plusieurs fois l'envers de la ville en sens opposé, je voyais le dessous des choses partout il y avait ombre de crime et ombre d'abandon et racines enchevêtrées du bien et du mal.

Je suis poreuse. Pour un rien, pour une rencontre brève, pour l'effleurement d'une phrase teinte de tel accent qui siffle à mes oreilles je prends froid ou folie ou frayeur, je flaire, c'est mesuré jugé désigné. Je suis griffée. Est-ce ton violent aveuglement ou le mien ? Suis-je le grand-père énorme et furieux avec petit garçon fou agité qui ont pris d'assaut le compartiment du métro, suis-je cet homme trop grand trop vieux envahi par la hargne puissante du petit-fils qui louche, bave, et dompte l'aïeul déchaîné ? Ou suis-je l'enfant perclus d'infirmités mais soulevé d'une colère plus forte que l'univers ? Le géant et le fou se disputent maintenant une poche de bonbons. – Ze veux le rouze hurle le fou. – Il est bleu crie le géant. – Ze veux le rouze qui est bleu crie le fou. Les deux en viennent aux mains. Ou suis-je la poche de bonbons déchiquetée en deux ? – C'est *Réservé*, hurle l'enfant baveux. Descends Papy tondu, on s'est péché ! – C'est pas péché gronde le vieil humus insurgé contre tous les obstacles de la vie. C'est *non*-réservé ! Incoercible ! Paresseux ! Sombre histoire ! Torture d'un vieux cœur ! Apprends à lire tue-meurs ! Tu ne vois pas le *non* ? – Non ! réverbère le fou sourd qui secoue tous ses appareils sauvages, ceux des oreilles, ceux des yeux, ceux des dents. Non ! Non c'est non non, on s'est péché Papy d'horreur non du côté non du temps ! Ze veux du l'eau Papy tordu donne de l'eau, sinon je bête le ventre contre les côtes du néant – *Du* l'eau ! *Du* l'eau ! Escarre du vieux cœur ! Pourquoi dis-tu *du* l'eau, châtiment ? Comme une montagne je vais me renverser sur ta tête délimitée comme un baquet je vais me retourner, drame de ma tragédie ! Obscure jalousie de mes entrailles ! Recul de l'humanité ! Trisome !

Et là-dessus ils se sont descendus en un seul géanfou, agrippé à la poche déchirée. Tout recousus d'amour.

Suis-je du parti *de* l'eau ou du parti *du* l'eau ? Torrent d'années battues des hurlements des deux damnés sur toute ma géographie. Je suis roulée moulue réinventée. Est-ce une invisible odeur de cœur qui attire les envoûtés sur mon passage ?

Je viens de vérifier la date de naissance d'Adolf Eichmann. Il est né le dix-neuf mars dix-neuf cent six. Je suis soulagée. Cela m'aurait infectée que son jour touchât à l'un des jours consacrés à une personne chère, songé-je. Et tout aussitôt cela m'a déplu de me prendre à craindre ce déplaisir. Je crains d'attraper mal, mais ce que je crains surtout c'est cette crainte qui déjà m'affaiblit et consent à un crime ou un autre pouvoir de privauté. La contagion est là, indécelable. Je vois encore mon père le médecin se savonner longuement les mains, soulevant une sainte mousse blanche sous le robinet. Quel savon pour ce qui nous touche par l'interne attouchement, volupté, épouvante, brasiers de l'esprit ?

C'est cette porosité humaine qui m'ennuie et que je ne peux fuir puisqu'elle est le tort de ma peau, le sens en trop et répandu par tout mon être, ce manque de paupières au visage de l'âme, ou peut-être ce manque imaginaire de paupières imaginaires, cette excessive facilité que j'ai d'attraper l'autre, je suis attrapée par personnes ou choses animées ou inanimées que je ne fréquente même pas, et même le verbe attraper je l'attrape ou plutôt je suis attrapée par lui, car, il faut le noter, ce n'est pas moi qui souhaite l'altération, c'est l'autre qui a sur moi emprise à défaut de quelque défensif bouclier. Il suffit que je sois trempée une heure ou moins dans l'environ où l'inévitable se produit – café, autobus, salon de coiffure, wagon de train, studio d'enregistrement – il faut qu'il y ait confinement et enveloppement, et me voilà teinte intoxiquée, presque n'importe quel parleur a privilège sur mes cellules mentales et m'envenime les sinus, foutaises sottises, cruautés, rancunes vulgarités, saletés, d'innombrables particules d'hostilité humaine m'enflamment les fenêtres du cerveau et je sors d'un transport malade pour des journées. Ce n'est pas la faute d'un Eichmann ou d'un autre. Je me reconnais fautière d'excessive réceptivité aux miasmes spirituels. La rumeur d'une parole m'empoisonne longtemps. Lis-je ou entends-je telle tournure ou figure de style, à l'instant je suis prise d'étouffement mes muqueuses gonflent, mes lèvres sèchent, je suis asthmée, parfois je tombe à terre, balancée de travers ou sur un fauteuil si d'aventure il y en a un, dans l'incapacité de respirer l'irrespirable.

Que les phrases humaines ou bien un mot, véhiculent des doses maléfiques, on le sait bien. Certains ont été vénérés par des nations pour quelques éructations. La circulation du poison passe par des points de ressemblance ou de coïncidence entre tous les êtres animés et plus spécialement par le mot *je* qui se retrouve dans toutes les bouches. Chaque fois que j'entends un autre dire je, c'est l'alerte. Secrètement je guette je tremble je suis tâtée, je m'efforce de creuser un fossé je suis l'oiseau averti de l'hostilité qui est au chat contre moi. Mais voici que je suis au même instant le chat averti que l'oiseau est averti de la qualité hostile de moi contre lui. C'est mon lot, ma chance et mon malheur, cette oscillation d'autre.

Nous sommes tous taillés dans l'immense rouleau

de l'être, parenté redoutable pour qui ne sait pas durement borner la connivence. Encore une affaire de paupières, cette connivence. On cligne des yeux, et on conclut un accord tacite avec le diable. Non, non, pas de troisième paupière ! Pas d'œil plissé !

Ce n'est donc pas simplement que je vais au Cinéma. Cinéma, cuve des clignements d'yeux. Je suis toujours sous l'influence du premier film de mon existence. 1942, la guerre, le bonheur dans la guerre, la délivrance des Juifs par les Alliés, le bonheur sur la terre est une plage peuplée de soldats américains d'italiens prisonniers de Juifs délivrés ruinés ressuscités et devant mes yeux la nuit sous le rideau du ciel, un écran par lequel vont et viennent tout un affairement de fantômes entre ici et là-bas aucune différence, tous les murs du monde sont poreux.

Au Cinéma, je me rends. En fuite, à reculons, compulsivement et sans espoir, dans la tradition de Jonas, l'ancêtre de ma famille, le prophète dérisoire, incarnation de la récalcitrance inutile, celui qui sait pour rien, le premier des Juifs en général, le premier des Juifs d'Osnabrück en particulier, celui qui se rend. Mais en allant en sens inverse, comme tous les Jonas. C'est ainsi que je me rends, sachant et ne voulant pas voir, je vais de dos vers la face de l'innommable, Dieu ou la Baleine. Abraham : de face. Mais nous, les Jonas, de dos. Vis-à-dos, dos à la vie. Dans les viscères à l'odeur saure et ensorcelante je prends place sur le fauteuil de l'auto-accusée. La séance du tribunal commence en fanfare. Je passe tout le film à nier toute ressemblance.

J'allai au Cinéma. Au sortir du métro je fus frappée d'égarement. L'escalier mène à l'autre monde. Un autre. D'un instant à l'autre je me trouvai sous les projecteurs de la place de l'Église, dans une lumière folle. Vision incroyable, ce cru extrême d'un midi de mai. Le lieu : le petit carré, place de l'année 1999, engorgé. Pour la foule c'est dimanche à jouir et ne pas penser. Une averse de lumière sans ombre aucune. Le temps : c'est un autre siècle. Une fête bat, indéchiffrable. Une grêle de scènes brèves bruyantes colorées. Personne n'avait trois pattes. Voici que les gens ne se souvenaient pas. Tout le monde était habillé en couleurs. Un joueur d'orgue de Babylone joliment enveloppé d'un écossais rose et gris avec un grand chat gris rayé rose sur le côté et devant un grand chien et loup endormi avertit les arrivants du style de la journée. C'est à Paris. Ce n'est pas si loin, ce n'est pas si près aussi, on peut s'attendre à voir des jardins suspendus, des vignes, des cyprès, un chameau et un chas. Nous nous trouvons sous verre et d'une élégance de serre.

Les mendiants sont vêtus avec goût. Un tact général : ne pas écorner le pacte de la fête, son mystère sans travail, « tout est passé finalement tout est passé » dit-on, on mange des crêpes les terrasses de cafés se multiplient comme des petits pains les restaurants avancent les pieds de leurs tables jusque par-dessus les rues, finalement toute la ville se met à table et allonge les pieds, une fanfare bleue et jaune à quatre jeunes gens passe dans un souffle les consommateurs parlent de nombreuses langues et boivent de grandes bières allemandes. C'est Berlin, mais pas loin. Les maîtres d'hôtel eux sont habillés en vrais maîtres d'hôtel. J'en vois un quand même un petit, brun, l'air malin, qui est arabe. Il conduit les clients à leur table à bord d'une quatre-quatre. Une fois arrivé au pied du plateau, il les dépose et repart. Égarés les clients font le tour de la terrasse en plateau en cherchant l'accès. Il doit bien y avoir des marches. À hauteur de leur tête une salle en plein air fait le bruit de fourchettes. Sur la ville règne une invitation obligatoire. Chaque fois qu'un avion militaire traverse la scène suivi de son avion nourricier, personne ne s'étonne. Il est entendu qu'on est sourd. Moi seule, la tête rentrée dans les épaules tant ils volent bas l'avion-fils et l'avion-mère, je lève le nez : ce n'est pas rien ce couple de divinités de guerre dont le fils est dix fois plus gros que la mère qui vont porter la mort inséparablement. Mortels qu'ils sont. La reconstitution : parfaite. Je me mets aussitôt à feindre de faire semblant, sinon on se fait remarquer. Je m'attends à voir cinq hommes juifs avec des barbes épaisses sous les chapeaux noirs apparaître au coin de la quarante-septième rue, l'air absent comme si ce n'était pas New York mais le mur des lamentations. Il n'en vient pas. Je me glisse dans une fente entre deux restaurants tellement gonflés que plus rien ne les sépare sinon mon sillage jusqu'à l'embrasure d'une cave. Puis je descends en dix-neuf cent soixante. La cave étend ses cavités sous le sol des immeubles. Dans le noir on sent nettement le piétinement des gens et le trot des garçons. Dessous on sent qu'en haut les gens marchent sans arrêt, mais sur place, par superposition d'assiettes et de terrasses. Sans politique. Seulement des piles.

Ensuite je vis le film *Un Spécialiste*. Une douleur lancinante s'est agrippée à mon épaule gauche m'interdisant de me détourner de côté, et j'ai vu tout de face, immobilisée par cet oiseau de malheur.

— Si j'avais pu participer moi-même à l'extermination physique des Juifs, disait Eichmann, je me serais tiré une balle dans la tête. Je pense. Et pourquoi ? Pour sortir de la situation physique méticuleuse. Mais je n'ai pas dû, n'étant pas chargé de tuer *glücklicher Weise*. Heureusement. Étant chargé de l'organisation des transports, je ne me suis pas tiré une balle dans la tête.

Il hoche la tête intacte lentement. Il me fait un clin d'œil. Il continue lentement. C'est une explication. – En tant que personne humaine j'ai trouvé que la décision de l'extermination physique de la famille Jonas était une *Gräßliche Sache*. Une chose épouvantable. Celle de la famille Engers, également. Celle de la famille Katzman, *Gräßlich*.

D'une voix monocorde il lit maintenant la liste des familles. Je les connais toutes. Tout de suite j'avais reconnu l'accent, les expressions familières. Sa manière de ponctuer l'énonciation. Ces modalisations, je les connais toutes.

– … mais en tant que haut fonctionnaire, ajoute-t-il, et il me regarde en levant les sourcils, haut fonctionnaire militaire, j'ai obéi aux ordres. J'avais fait serment d'obéir. Et je n'ai pas été délié de mon serment. Il baisse les sourcils. Point final. *Unglücklicher Weise*. Ou bien. *Glücklicher Weise*. Toutes ces locutions adverbiales, ces expressions qui ne veulent rien dire à part qu'elles disent le dire, je les reconnais.

Omi disait toujours *Gräßlich*. Je m'attendais à ce qu'il dise : *Um Gottes Willen*.

Tout de suite je l'avais trouvé très familier cet homme, cet Eichmann je le connais depuis longtemps, je l'ai souvent rencontré, c'est un homme sincère, fourbe et sincère, on ne peut qu'admirer la composition de son attitude, un homme qui sait se peindre comme il est, parce qu'il s'aime comme il est, antipathique ni plus ni moins un peu abandonné, un peu décevant et donc déçu de s'être déçu, mais allemand, mais quand même, *geputzt*, bien ciré, net, il est encore beau quoique quinze ou seize ans aient passé depuis les événements sa peau n'est pas encore ridée, la bouche est encore bien dessinée quoiqu'il pense encourir la peine de mort, dans l'ignorance où il est qu'étant déjàmort il n'encourt rien, et c'est cette déjàmort et ce gardé sous verre qui le rend fascinant : voilà un mort qui ne le sait pas encore. Comme tant d'autres sous verre. Il suit tout cela avec attention et patience. L'Obéissant. Obéissant avec détermination. Spécialiste en obéissance. Bon en grammaire. La seule incartade, c'est qu'il confond Cholm avec Chelmo qui en réalité est Kolm ou Kolmhof mais il n'est pas le seul à ne pas savoir si Cholm est Kolm ou pas et si oui ou non il s'agit de Chelmo dans le Wäthergau où il a été en mission pour assister à des phases d'extermination sur lesquelles il a fait un rapport en langage de rapport à Müller son supérieur. La question reste en suspens.

Finalement a-t-il été condamné à mort ?

La question reste...

Mon âme est plus légère lorsque je remonte en 1999, quoique mon corps soit moulu et brisé d'avoir tant marché parmi les rails du tribunal. C'est que j'ai fait ce que j'avais à faire ce jour-là. Descendre dans la caverne de mon propre tribunal. Sur la place les choses animées et la population en couleurs ne m'égarent plus. Elles sont mises à leur place et moi je suis à ma place. La batterie d'un vieux train m'accompagne. Voir ce film m'a fait du bien. Chaque chose est retournée répondre d'elle-même. On voit bien ce qui est la réalité et ce qui est l'irréalité. Un roulement de tambour. Toute la ville va à la Grande Manifestation. Les gens se superposent dans un cirque central en brouhahant. La réalité dans la caverne du tribunal, l'irréalité dans la fête costumée sur la place.

Ce qui m'avait tamponnée et accidentée lorsque j'étais sortie du souterrain à midi et que j'étais tombée dans la baleine de lumière crue, c'était l'irréalité de cette réalité qui battait ses percussions sur la place sans mémoire la bouche pleine de crêpes, à deux cents longueurs de Kosovo ou Kolmovo qui n'existait pas avant et n'existera jamais ici, pas ici, pas maintenant, pas le 1er mai 1999 jour des abandons de chiens à trois pattes au milieu du pays de Paris, capitale Berlin.

Alors ayant pensé cela j'ai commencé à penser le contraire. Ma pensée s'est mise à japper au ciel en courant de gauche à droite à gauche et sautillant sur trois pattes et une fantôme, je criai : qu'est-ce que la réalité laquelle des deux est la réalité, qui est la réalité, laquelle est irréelle, je hurlais comme le garçon fou, on s'est péché ! jouissant avec frénésie d'un brusque abandon de vue ou bien c'était de rue, sans savoir quel pays de quelle mémoire je suis l'habitude interrompue, ne suis-je pas une riche passante qui descend en plein midi de mai entre les monts des tables lourdement servies pour aller regarder sous le temps le récit mille fois fait d'événements qui ne me broieront jamais bras jambes et ventricules ?

Au-delà de ma pensée, invisible, une Église se mit à crier : Jésus ! Jésus ! Les cloches sonnent à toute volée langue étrangère. Un mariage ? Un enterrement ?

Le 1er mai, jour de la naissance de mon fils le mort. Parfois je bondis au ciel fantôme.

– Ce sont toujours des innocents, Eichmann, dit ma mère, tu ne peux rien y faire. C'est un type qui trouve tout bien ce qu'il a fait. Tu ne peux pas le convaincre qu'il n'est pas dans son bon droit. C'est comme Pinoquet. Ce sont des malheureux qui sont accusés. Ça ne lui vient pas une seconde qu'il a fait quelque chose de mal.

– Pinochet, dis-je.

Et aussitôt je me reproche. Cette manie de maintenir et de rajuster.

Mais par bonheur ma mère est à l'abri derrière les écouteurs de sa radio. Elle écoute France Culture pas moi.

JE NE PENSE JAMAIS À MON FILS LE MORT, ai-je pensé vers ma chatte qui me souriait de son sourire minimissime bouleversant, tandis qu'elle me regardait penser sur elle, supportant le brouillon innommable de mes images avec la compassion qui lui vient au secours de mes convulsions. Je ne pense jamais à mon fils le mort et cela n'est pas une exagération car même lorsqu'il passe par ma pensée ce n'est pas moi qui pense à lui, c'est lui qui se coule avec sa modestie congénitale dans un angle éloigné de la pièce où il finit par se dissiper sans que je sois venue vers lui. Ce n'est pas lui qui ferait un scandale. Et même en ce moment où mon fils le mort était le complément d'objet indirect de mon penser, l'indirect régnait et je ne cherchais pas à l'écourter. Ma chatte a finement bondi vers mon nez façon de joindre son âme à la mienne dans cette méditation visiblement assombrissante. Tandis que moi je n'ai pas bougé vers mon fils le mort. Et son nez – l'ai-je jamais léché ou caressé ? Je pourrais dire que tout est de la faute du verbe *penser* ; c'est à cause de sa construction, de sa façon de ne se construire avec son complément qu'indirectement, par quoi il veut nous signifier son détour et sa précaution, voilà un verbe qui rôde, une action qui songe. C'est une question de cheminement. Il faut aller vers le fils mort et cela prend du temps cela va dans mon cas jusqu'à prendre des dizaines d'années. Jadis peut-être ai-je pensé directement mon fils mais je ne pense pas à m'en souvenir. Ou bien cela est lié à l'actualisation du verbe penser qui utilise la construction intransitive.

Mais je vois plutôt que s'agissant de mon fils j'ai toujours été indirecte et réciproquement, c'était notre fatalité. La fatalité est ce que nous avons en commun. Alors que penser dans son sens étymologique, peser, est transitif. Mais justement *je n'ai jamais pu peser mon fils*, je ne pouvais pas le peser, sans être soulevée et renversée par une terreur invincible, si bien qu'au bout de quelques mois trois ou quatre je crois j'avais renoncé à le peser, car le peser c'était pour moi comme si chaque fois je me soumettais à une nouvelle application de peine, le peser c'était chaque fois entendre l'impitoyable parole de la balance à quoi bon la consulter, elle me prophétisait en vain, c'est alors peut-être que j'ai commencé à le peser indirectement et c'est devenu insensiblement perpétuel. Lorsqu'il atteignit quatre kilos cinq cents, épuisée, ce que je ne dis pas pour être excusée, et d'ailleurs plutôt terrorisée qu'exténuée, je le remis à ma mère. Afin de mettre entre nous l'espacement de la pensée. Je le remis à ma mère à peser, et sans savoir sciemment que je remettais à ma mère tout l'enfant y compris le sort la sortie suite et fin.

Devant personne d'autre que devant ma chatte, ma gardienne des peines qui à moi-même en moi-même demeurent secrètes, je ne puis faire l'évocation : car je ne fais rien d'autre : une brève et frêle évocation pas plus grosse qu'une veilleuse, voilà tout ce qui brille et reste du grave et vaste continent sombré en tant que mon fils le mort. Qui n'a jamais contemplé une veilleuse, *la veilleuse*, celle que l'on allumait dans ma famille une semaine de février, ne connaît pas le miséreux éclat chancelant du deuil, et n'a jamais vu de ses yeux la cruelle très cruelle misère du malheur représenté avec une minutie épouvantable dans cette très pauvre et piteuse icône. On met une mèche dans un verre de cuisine anciennement rempli de moutarde rempli d'huile et posé à côté d'une photo du défunt, sous la forme d'un agrandissement de mauvaise qualité d'une photo d'identité. J'ai vu la mort en photo : j'ai vu la mort. Tout est brouillé, coupé, abandonné. La tête et juste une petite portion du corps. Pas de corps. L'impuissance du mort navré. C'est bien lui.

Le mort en photo. La flamme de la veilleuse est éternie par l'huile, enduite vivante d'une brume fuligineuse. La scène est en tout point fidèle au sort du mort. À bout de force, à bout de lumière, à bout de regard, à bout de mémoire. On voit le manque de poids de l'éloigné.

Et voilà que ce 1er mai, sans le faire exprès, on m'avait allumé le bref et triste phare de deuil, qui signale le déshonorement d'un mort.

Cela venait du livret de famille, cette lueur inattendue. C'est que j'ai fait une photocopie de l'objet irréparable depuis toujours promis à la mise en pièces et la dispersion. Comparé au solide livret de famille allemand de ma grand-mère et de ma mère qui a survécu aux déménagements brutaux du siècle celui-ci était promis dès sa fabrication à la dislocation. En vain l'on scotche les pages du Livret de la Ville d'Alger, rien n'arrête le décollement. Les feuillets n'ont supporté aucune tentative de rassemblement. Au moment de confier la liasse dépenaillée à mon fils le vent, il m'est venu l'idée de garder la trace d'une chose à l'agonie. Voilà qu'a surgi un livret comme neuf, un fantôme propret nettement plus fort que le vrai livret. Photocopié. À cause de l'opération ce qui avait été désarticulé s'est trouvé rattaché, comme ceci : cela fit un récit, d'une modernité inattendue où les événements se moquent de l'ordre du temps, c'est ainsi que suivant la direction de la lecture d'Ouest en Est, je divorçai à gauche avant d'avoir mis ma fille au monde à droite dans le livret, ensuite, sur le tableau suivant je vis soudain et pour la première fois de mon existence et de ma mémoire côte à côte mes deux fils précédés et donc annoncés par l'arrêt de mort de mon fils déclaré décédé avant d'être reconnu né.

Mes deux fils me faisaient face, je n'avais jamais vécu cela. Côte à côte mes deux fils avec la mort à leur côté, voilà qu'ils me sont arrivés. Je n'y avais jamais pensé pensé-je, je n'avais jamais fait le rapprochement, les voir couchés ensemble sous mes yeux maintenant, deux frères devant leur mère, et cela m'arrive tout d'un coup et cela m'arrivait du plus lointain de mon être, cela courut mes nerfs à la vitesse de l'éclair comme court par le corps l'annonce de la grossesse, je reconnus la première contraction, premier signal, le même la même pour le désir d'amour et aussitôt les seins gonflent et tout de suite vinrent les paquets de larmes, les mêmes pour le choc d'amour où, dans le moment où nous nous enlaçons avec la dureté de ceux que l'imminence de la perte galvanise nous nous retenons l'âme pleine de la pensée que cependant nous ne nous trouvons pas : nous échappons seulement au gouffre qui reste grand béant.

Surprise, j'ai pleuré. Et je ne sais pas pourquoi.

Maternité rendue, maternité perdue. C'était faute de pensée et faute de mots

Un de mes fils est mort

L'autre est vivant

Comment penser cela

Un de mes fils est toujours vivant

L'autre est mort

Un de mes fils est toujours mort

L'autre est bien vivant

Comment penser cela

Mon fils celui qui est mort, mon ancien fils mon fils qui n'est plus mon fils. Et celui que j'appelle mon fils est mon fils le vivant. L'autre est dehors, il l'était depuis si longtemps que je n'y pense jamais de face.

Ma chatte pèse quatre kilos cinq cents. Je la porte sur mon épaule en ayant soin que ses bras soient assurés, je lui chante des chansons aux yeux.

Comment penser le poids la place le remplacement la ténacité des muets qui ne réclament pas, qui luisent dans un coin du cœur ? Comment répondre à la question : combien avez-vous eu d'enfants, sans lente et longue réflexion, en remontant les jeunesses et les vieillesses, sans mettre en question chaque mot de cette question qui me met en question de toutes parts comme si je pouvais compter et rassembler en somme ce qui est toujours plus enfant qu'enfant ce qui est moins enfant qu'enfant ? Vous avez eu des enfants ?, oui oui oui, combien ? ah, ça !

cela dépend. Depuis l'apparition de mon fils l'agneau aux mains palmées, il y a Impossibilité, depuis l'arrivée imprévue de mon fils l'Impossible, je ne puis dire combien sans que le mot combien se fende, l'enfant aussi, fendu, tout fendu et défendu et dé-fendu par le dedans, combien d'enfants ? Voilà pourquoi le jour de l'apparition le visage tourné vers la fenêtre carrée à laquelle s'agglutine un troupeau de créatures un peu poisson de figure qui me regardent fixement à travers la vitre carrée, et forment la bouche en o muet, j'hésite à allonger une phrase ferme et nette, avec dedans un avoir et un être. C'est comme si au moment où je cherchais à répondre de moi, une brusque sensation de manque dedans la bouche, et sur mes genoux, voilà une dent. Juste avant de l'ouvrir, la bouche, j'en avais trente-deux et juste à l'instant j'en ai encore trente-deux dont une n'est plus dedans mais sur mes genoux. Elle est petite, perlée, pointue, avec un point noir dans la racine et taillée comme une dent de chat. C'est ma dent qui était ma dent et n'est plus ma dent. Je l'examine.

C'est cela qui est venu m'arriver à la maternité de Sainte-Foy. Je vois la scène comme si j'étais moi-même dehors agglutinée au carreau de la fenêtre le nez écrasé sur la vitre la bouche arrondie par la curiosité. Je la vois. Elle, c'est moi qui ce jour-là vient de basculer hors de moi et plus question de rentrer dans la maison de moi d'où je viens de tomber. Le temps pivote et tombe. Il n'y a plus de passé. Le futur pas encore. Reste une hésitation de présent mal attaché mal détaché suspendu au-dessus des deux lits le grand et le petit. Dehors les poissons nagent autour de l'aquarium.

Elle n'en revient pas. Elle s'attarde dans une heure bizarre, flottante, entre deux heures. Elle vient d'accoucher, d'une part. D'autre part, ce qui vient d'arriver c'est que celui qui vient de naître, il n'est pas encore tout à fait arrivé quelque part, il n'est pas à sa place, il remue encore faiblement à l'entrée de la scène, à l'extérieur comme retenu par une grande incertitude, comme timide. De son côté elle ne bouge pas, elle attend. La place. Elle ne pense pas : quelle surprise cet enfant, cet enfant qui semble ne pas lui revenir, qui diffère, qui n'a pas l'air, ce poisson qui halète comme si lui manquait le milieu de l'eau, on s'attend à une surprise mais au lieu de la surprise attendue c'en est une tout autre, ô mystérieuse puissance du nouveau venu qui déjoue des millions d'attentes des millénaires d'images, ô phénomène naturel éternellement étonnant depuis toujours jamais vu. Et celui-ci, c'est le champion. Il lui échappe absolument, elle ne s'en souvient pas du tout. Elle ne le pense pas. Elle est à l'arrêt. Où ? À l'arrêt.

Je vois la femme lutter en silence avec l'enfant,

cela se passe dans un de ces mondes où dès le premier pas un enchantement se referme sur qui s'y égare ou s'y aventure, où règnent les lois de la métamorphose, où l'on ne sait jamais qui poursuit qui pendant des dizaines d'années-plumes, où l'on ne peut pas ne pas chasser comme on respire. Je vois la femme et l'enfant animaux, saisis vivants dans le gel brûlant d'un vis-à-vis comme deux chats pris dans les deux derniers mètres d'un royaume s'immobilisent des heures gardant les deux derniers mètres avec la patiente ténacité des dieux qui mesurent entre eux la dernière chance d'immortalité.

Comme deux héros s'avancent vers le dernier instant en partageant lentement le goût de chaque pouce du sable blanc, ce qu'ils ont en commun, ce morceau de tissu terrestre qui leur baise les pieds, ils ne courent pas ils jouissent tous les deux de ce qui les rassemble dans une hostilité aimante, cet espace qui ne va pas durer, qu'ils vont couper, inégalement, cette diminution solennelle.

Ils se dévisagent, distraitement, voilà qui est étrange.

La femme regarde à petits biais de regards la face de celui qui vient d'arriver, oblique. Puis elle détourne vivement la tête comme craignant un danger, jette un coup d'œil vers la fenêtre de l'autre côté de laquelle sont accolés les spectateurs bizarres, puis ramène toute sa force d'interrogation sur la face de l'enfant. Sur la face est une absence. Ou bien un flou. Ou bien un voile. On ne peut pas dire qu'elle couve le visage de l'enfant. Elle tend l'oreille. Elle cherche à distinguer ce que lui soufflent des phrases qui passent rapides, comme des soupirs.

C'est que quelque chose n'arrive pas jusqu'à sa pensée mais elle sent pourtant passer une forme manquant de force ou au contraire une forme d'une force monstrueuse de faiblesse. L'enfant flou. Au carreau la foule colle.

Une phrase dit : « ce qui vient d'arriver » et elle entend l'étrangeté de ce *ce*.

Ce qui vient d'arriver c'est que l'enfant qui est dans le berceau n'est pas encore arrivé, du moins il n'en est pas informé. Il croit divaguer, n'a pas encore accosté. « Ce qui vient d'arriver. » Comment se décrit, décrire, ce venir qui est déjà venu et qui s'en vient encore, qui n'a pas fini, qui n'est pas fini, qui ne commence pas, qui est tout confus. Parce que si *ce* est arrivé, c'est arrivé mais si ça vient c'est que *ce* n'est pas arrivé or c'est cela qui rend l'enfant encore insaisissable quoique dans le berceau. Morphologiquement c'est un présent mais fléchi, fondant, fuyant. Manquant. L'enfant vient d'arriver, inexact.

Le cœur de la femme bat lentement. Le cœur de l'enfant bat excessivement vite. Ce n'est pas ça. Ce n'est pas là. *Ce* n'est pas là.

Elle pense soudain une chose folle : il n'est pas né.

54

Est-ce que cela existe d'être né sans être encore né ? D'être presque ? Presque.

La veille de l'accouchement elle lisait *L'Idiot*. La réalité est un livre génial où tout arrive quand on ne s'y attend pas. Tout ce qui n'a jamais existé éclate en existence d'une page à l'autre. Intrigue fantastique. Septième chapitre. Je suis prince. Fuite. Entre le monstre. Ramenez-moi à la maison. Vous auriez mieux fait de me tuer dans l'œuf. Ce n'est rien. Mieux : de me tuer avant l'œuf. N'avoir que quelques mois à vivre est-ce vivre ? Quelle est la longueur de ce que l'on appelle vie ? Au lever du soleil, l'autre monde. On ne comprend rien. Étant rien, je veux quand même. On ne peut pas ne pas aimer. On ne sait pas ce que ça veut dire aimer. Je vois la femme se pencher sur elle-même. Ce qu'elle appelle aimer bat très lentement. Puis soudain excessivement vite. Puis très lentement.

Maintenant elle prend son parti, celui de l'enfant. Le parti du flou.

Elle l'appelle.

Elle met son espoir dans le nom. Le petit poisson glissant elle va le prendre dans le filet de noms qu'elle va jeter sur lui. Alors il deviendra un petit garçon ce qu'il n'est pas encore arrivé à être. Elle le prendra dans les mailles de noms très antiques, solides, assurés, fidèles, ses noms secrets et sacrés, et elle l'attirera doucement hors de l'eau invisible dont il s'entoure jusqu'à son sein.

En premier elle l'appelle Adam ; en deuxième elle l'appelle Georges le nom de son père mort qui attend d'être rappelé parmi les vivants depuis des années. En troisième elle l'appelle Lev le nom du Prince compliqué inexplicable.

En quatrième elle s'arrête, car c'est déjà toute une armée qu'elle lève autour du petit garçon.

Elle l'appelle.

Les noms lui font du bien. Ils lui donnent d'infimes coups d'ailes aux oreilles. Elle a l'impression que le petit lui envoie d'infimes sons de noms caressants aux oreilles. C'est que maintenant il s'appelle. Tantôt Adam, ou Georges, ou Lev. Cela lui fait du bien qu'il ait des noms si forts, c'est toute une histoire autour de lui, qui s'étend fort loin, le voilà raconté, à peine n'a-t-il pas quitté son berceau elle le soulève, le voilà personnage, le vent souffle, un orage diluvien s'abat sur le bâtiment la grappe de créatures bizarres en o est balayée, elle soutient fermement la tête de son fils qui est si pesante. Elle menace de se décrocher, c'est le cou qui est bien souple elle le balance dans ses bras.

Ce qui la frappe c'est l'absence de méchanceté sur le visage extraordinairement paisible. Il n'a aucun sens. Une confiance folle est manifeste. À côté de la face de son fils toutes les faces de nouveau-nés dressent un petit quelque chose d'acerbe, une petite ligne de défense, un trait, une fronce. Il est lisse, abstrait. Comme s'il n'avait pas levé. Pâle comme s'il n'avait pas foncé.

UN NOUVEAU NEZ ?

Ou bien c'est *une question de nez*, de nouveau nez dans la famille, qui pour nez a toujours eu l'idée d'un aileron ou d'une nageoire préhistorique dressée comme une pierre levée au milieu d'un pré délicat et débonnaire. Voir les photos de mon père, avec au centre un gouvernail.

À remarquer ce nez sans exemple, sans ancêtre, sans longueur, sans idée, il lui semble tenir la clé de ce dépaysement : « ce qui m'est né, comme ayant cédé aux objurgations des générations de ma famille acharnées contre l'ancien nez les unes après les autres », pense-t-elle audacieuse et troublée, « serait-ce pas une espèce de non-juif ? ». Les cheveux blonds aussi la pâleur, un fils venu d'ailleurs, écourté.

« Je n'ai pas voulu cela », a-t-elle murmuré à la présence sévère et taciturne qui est son père. Et pourtant. « Ce sont les autres dans la famille, qui l'ont désiré. Qui connaît les mystères de la création ? Tous dans la famille nous nous sommes disputés les yeux bleus de bleu d'Omi ma grand-mère et finalement c'est un arrière-petit-neveu qui les a eus en Australie, les lois de Mendel disent une chose, les gens font une autre chose, on ne commande pas l'inconscient, Dieu est un volcan en activité, des espèces sont réduites en cendres, de nouveaux traits surgissent, de nouveaux mots, de nouvelles maladies, de nouvelles planètes, de nouveaux princes, de nouveaux malheurs. »

Mon nez et moi nous formons une relation vitale, une relation destinale, à laquelle je ne peux comparer aucune autre relation sinon la relation avec mon amant inséparable. Tout en moi est en rapport avec cet élément extérieur et intérieur de mon être, tout est déterminé par lui, car il est le seul élément ou la seule partie de mon ensemble vital dont j'ai songé à me séparer. J'ai été tentée de le faire et finalement après plus d'une année de tentation j'ai renoncé à m'en dissocier. Au sujet de mon nez j'ai fait l'essentiel de mon apprentissage du bien et du mal, de la fidélité et de la trahison, de la bassesse et du courage, de la maladie mortelle de l'âme et de la solitude, du manque d'imagination et de l'auto-immunité, de la proximité de la destruction du trésor intérieur, et de l'auto-hostilité, de la fragilité du sens du bon choix et de la puissance d'attraction de l'ennemi mortel, de l'étonnante facilité avec laquelle nous pactisons avec ceux qui nous veulent du mal et que nous aidons volontiers à nous faire du mal, du mépris que nous n'hésitons pas à nous inspirer, de notre naïveté de bambins à nous embourber dans la merde et à nous empoisonner nous-mêmes, de la complaisance avec laquelle nous nous livrons à l'usurpation de notre propre beauté. Je m'arrête.

« Fais-toi couper le nez » dit ma mère matter-of-fact quand je fus pubère, car à ce moment-là il paraît qu'on a le nez définitif. Et je faillis. Et j'ai failli. Je venais d'avoir quatorze ans et je traduisis mon nez en chose à couper, en élément honteux, en pavillon de laideur flottant sur mon paysage, en cochonnerie à éliminer. Alors je n'arrêtai plus pendant quelques années de faillir tantôt d'un côté tantôt de l'autre. Tiraillée entre mon père sous terre avec son grand nez et ma mère matter-of-fact, pour qui un nez n'est rien qu'un nez. Années de ravage intérieur, de guerres, d'accusations et dénégations que je ne cessais pas de porter contre moi dans un sens ou dans l'autre.

Finalement j'épargnai mon nez que j'aurais bien voulu couper, mais je n'osai pas, car un nez coupé ne repousse jamais, cela je l'ai appris d'Eschyle.

Nez coupé, terminé, le sang une fois répandu dans la poussière ne remonte pas dans les veines, ce nez-là, mon héritage, mon père, je ne veux pas m'en séparer, le spectre de mon père me hantait et ne disait pas un mot, ce qui me condamnait à une difficile liberté.

J'ai craint de me couper mon père.

Mais je ne donnais pas tort à ma mère. Pendant deux ou trois années je ne sortis jamais avec mon nez nu, j'allais par les rues d'Alger avec mon nez sous les doigts de ma main gauche comme si je voulais m'empêcher d'éternuer, je le tenais bien caché.

Bien des choses que je pense ou que j'agis peuvent être ramenées à mon nez. La plupart négatives.

On ne peut d'ailleurs pas dire simplement que je ne l'ai pas coupé. Pendant mes années de nez caché j'étais comme si je le coupais pour sortir et je le remettais une fois rentrée dans ma chambre. Je remettais la coupure et la soudure tour à tour, et je ne voyais pas la fin de la crise.

Par chance j'avais toujours mon nez lorsque je quittai l'Algérie. Aujourd'hui nous sommes réconciliés, une chose est pardonnée, mais rien n'est oublié. C'est une paix de face mais pas de profil.

— Tout est de la faute de Hitler, dit tante Éri la sœur de ma mère. On fait tout ce qu'il veut sans faire exprès. — Mais quand moi j'étais là-bas je ne connaissais pas Hitler et toi non plus dit ma mère. — C'est qu'il n'y avait pas de télévision, on n'avait jamais vu Hitler, dit ma tante, on ne le voyait pas. — Mais quand moi je suis venue en visite chez Omi en 1933 dit ma mère, mon oncle, et tous les messieurs du consistoire, ils étaient en taule, « pour les protéger ».

Mais personne n'avait vu Hitler. Il y avait toujours un *gesunder Antisemitismus* comme on disait, dit ma tante, mais on vivait très bien avec cet *Antisemitismus*. J'ai seulement eu une fois une histoire parce que j'ai fait opérer mon nez. Je suis allée voir *den Nasenjosef,* il était très fameux, le Josef-des-Nez, parce que j'avais ce grand nez. Or il y avait un journal antisémite et dans le journal c'est écrit d'une jeune fille d'Osnabrück qu'elle a fait refaire *den Synagogenschlüßel.* C'était dans le journal *der Wächter* et celle qui a fait refaire la clé de la Synagogue c'était moi. *Dann haben sie genau gewußt.* C'est une petite ville et on savait exactement où était la clé. Moi j'étais dégoûtée. Et surtout gênée. Et on ne pouvait pas se plaindre. Ensuite quand ma fille a eu un grand nez qu'elle ne voulait pas avoir, elle n'a pu aller voir le Nasenjosef qui a été déporté, mais il y avait le successeur. Il y avait toujours l'*Antisemitismus.* Et les grands nez on a toujours fait opérer, et les nez des enfants des enfants aussi même quand il n'y a pas d'antisémitisme.

Hitler, dit ma tante, j'ai pensé que c'est seulement un an et que ça ne va pas rester. Mais le grand nez ça ne reste pas seulement un an.

– Les Juifs, dit ma mère, étaient plus racistes que les racistes, mais c'est à ne pas dire, dit ma mère. Avec les Polonais les Juifs allemands qui étaient très bien situés, bien sûr qu'on se sentait supérieurs.
– C'est toujours les pauvres Polonais qui sont venus,

dit ma tante. – On n'a pas besoin de cracher sur notre propre soupe, dit ma mère. – Mais je ne crache pas, dit ma tante. On leur a toujours donné de l'argent. – *Ne* ! *Ne* ! Pas de l'argent, dit ma mère, des billets de train. Il y avait toujours des pogroms en Pologne. C'étaient des malheureux, qui arrivaient chez nous, ils disaient nous sommes des malheureux. Ils venaient au consistoire. Le consistoire leur donnait un billet de train pour la prochaine ville. Ne le répète pas. Il ne faut pas cracher contre son propre nom. Il y avait tout de même un esprit de caste, ou de classe. Frau Engers déjà, quoique n'étant pas polonaise, elle parlait très fort, elle était sans gêne, elle n'était pas acceptée. Les Juifs allemands, on se sent supérieurs et on se gêne. – Et les Ehrlich ? – Aussi. On ne fréquentait pas. – Horst Engers, dit ma tante, il est venu nous voir. J'ai parlé avec lui, mais je ne l'ai pas invité. Pas seulement que les gens d'origine polonaise personne ne les fréquentait. Aussi dans cette petite communauté allemande il y avait des castes. Frau Engers aussi qui n'était pas assez gênée. Ces grandes familles qui avaient des grands magasins, c'étaient des amies de classe d'Omi et inversement. Les amies de classe c'étaient les grandes familles qui avaient des grands magasins.

– Il y avait un autre groupe, c'était les avocats. Ils ne se mélangeaient pas avec les *Kaufleute*, les commerçants. Seule Omi a passé la frontière avec Frau

Engers qui était chapelière cependant mais elle avait un petit commerce et son mari était seulement représentant en produits pharmaceutiques et hollandais.

Cette amitié de deux personnes cent pour cent différentes et aussi l'origine n'étant pas la même, c'était Omi qui en était capable. Dit ma mère.

Les enfants n'avaient pas le droit de parler à table dans les bonnes familles. Sauf nous, les enfants d'Omi. Tante Hete lui reproche que les enfants nous parlons à table. Mais Omi dit à sa sœur : à qui je parle alors ? Il y avait même des castes à table. Mais cela ne doit pas sortir de la chambre, dit ma mère.

ET VOILÀ QU'IL VIENT D'ARRIVER dans cette chambre de Maternité, quelques années à peine après la crise de nez, un enfant avec la clé de la Synagogue sciée nature, elle n'en a pas fini de s'étonner. Adam ? murmure-t-elle. Tout en réfléchissant au spectre sémantique du verbe venir dans son rôle d'auxiliaire ancillarisé, voilà qu'il n'est pas encore arrivé, celui qui est arrivé. Elle aussi commence à se dissoudre un peu dans la chambre, un éloignement d'elle-même l'embue, hier est dans un autre temps, la soudure ne se fait pas, la relation entre elle et l'Adam au nez court qui porte le nom de Georges son père devient de plus en plus forte d'instant en instant, tout est plus loin et tout est plus près que tout, il y a des influences.

Ou bien est-ce que c'est la coupure ou le coupement impossible du père qui a fini à la longue par s'opérer ?

« Georges » murmure-t-elle, « Georges » brûle-t-elle, c'est la première fois qu'elle appelle le nom de son père le mort, « Georges » ! Georges cligne faiblement des paupières faiblement bridées, revenant d'arriver de très loin.

Qu'y a-t-il de moins improbable – la Roue du Temps tourne sur elle-même, voici venir l'Absent.

Je ne sais pas combien d'enfants j'ai eus. *Si* j'en *ai eu* combien j'en ai. Gardés, perdus, rangés, mangés. Et combien il m'arrive encore, d'en trouver, d'en perdre d'en abandonner surtout, d'en refuser dans ma maison mais pas dans l'intérieur de mon cœur. Comment faire l'addition des vivants et des morts, des éphémères et des persistants. Ni addition, ni soustraction, ni succession. Je ne parle jamais de mon fils le mort afin de ne pas causer de malentendu car s'il est assez vrai qu'un de mes fils est décédé, il n'en est pas plus mort pour autant, il est plus vrai que je n'ai jamais eu ni perdu mon fils aîné. Ce qu'il en est de ce cas n'est ni reconnaissable ni pensable, ni séparable de moi. Il est rustique, il est mêlé à ma circulation, il est tressé à mes racines, oublié à ma mémoire, furtif, à peine tracé, reste son sourire fané, son portrait jauni de naissance puis de plus en plus jaunissant, les mois passant, car il était nourri de carottes exclusivement. Cela aussi fut une surprise, un chagrin et un soulagement : rien que des carottes et jamais une goutte d'aucun lait. Tant que je cherchai à l'alimenter de lait comme un nourrisson comme un autre, il se vidait, tout lait le menaçait de mort. Lait de mère lait de vache lait en poudre lait Nestlé, lait Pelargon, lait poison, assassiné au lait. Lorsqu'il n'eut plus de peau sur les fesses ni sur le dos, la chair épluchée, écorchée, lui accroché par des aiguilles aux bocaux de perfusion, ma larve horrible à contempler, un lapereau pourchassé par la famille qui donne au ver l'ordre de revenir je ne sus plus à qui vouloir mourir moi aussi épinglée à l'épinglé, et la nostalgie du temps placentaire où sans coups et blessures nous étions du même sang.

J'ai un fils et un autre fils. Celui qui parle et celui à qui je n'ai jamais dit je. Déjà dans la chambre de Sainte-Foy, il est celui-qui-n'est-pas-là, en personne. De tous mes enfants il est la seule personne. Le héros de la famille. La clé de ma synagogue intérieure, l'instructeur de ma foi. Et cela sans un mot. Le saint simple. Et mes seins serrés jusqu'à l'assèchement du lait. Quand j'ai compris que l'enfant nommé Georges à l'étourdie, et Adam, et Lev, était ma perte de connaissance, et que la perte était la clé de ma vie, et que j'avais vingt-deux ans, j'ai commencé. Moi avec l'Absent, sa petite personne pâle et jaune.

– Cet enfant a des traits mongoloïdes dit le pédiatre catholique en sortant.

– Ça ? C'est un mongolien. Eh bien, votre petit client, on aurait mieux fait de le tuer. Un végétal. Au mieux un animal. J'en ai un dans l'immeuble. Il ne tient pas sa tête. Je l'ai attachée à une planchette, dit le pédiatre juif à la sage-femme ma mère.

Ève notre mère cherche le mongolien dans le dictionnaire. C'est son premier. Ainsi l'immémoriale Asie revient.

De Tartarie, Oulan-Bator, de petits chevaux nus plus vifs que le vent mangent le gras de la steppe mêlés de petits enfants aux joues frottées au vif et le galop vient s'éteindre en haletant derrière la vitre carrée de Sainte-Foy. Les sorciers et les sorcières tartares coassent à la fenêtre aux yeux bridés. De très loin on avait senti voir l'odeur des nôtres. On veut chanter :

Chœur des Mongoliens

Nous les mongoliens
Si une mère nous soulève
Dans ses bras elle tient des continents surnaturels
Sur la carte on ne nous trouve pas
Elle soulève les essais de Dieu

Nous les mongoliens nous ressemblons à Dieu et
à personne, ni laids ni vilains nous les orphelins nous
ne revenons à aucun parent
Mongolien à mongolien nous nous répétons.
De nos jours on ne dit plus *mongolien*,
Mongolien ce n'est pas bien. On dit *trisomique*
c'est mieux, c'est moins voyant, c'est moins cru, c'est
moins croyant, c'est plus savant et moins dieu.
– *Trisomique, terme médical conseillé*. Il n'y a plus
de mongoliens dorénavant.
Nous sommes les vers à soie momifiés dans une
magnanerie abandonnée sur la route d'Oulan-Bator.
Nous sommes des larves d'ange durcies sur les bar-
reaux de l'échelle coulée en Mer Morte.
Sur le papier nos lettres délavées par l'orage
Qui lira le message ?
Quand ? Quand jamais ?
Si une mère nous lève à ses lèvres en pleurs
Nous crions – an ! – an ! et tout au plus – man !

En Algérie pendant la guerre mondiale chez les
personnes délicates il y eut substitution également
en 1940 et termes conseillés, au lieu de Juifs du jour
au lendemain il y eut *israélites conseillé*, au lieu
d'arabe *terme conseillé indigène*, au lieu de « je veux »
conseiller « je voudrais ».

Nous les mongoliens si quelqu'un nous dévisage

Nous lui donnons le mal du pays perdu

Cailloux gravés au pays du temps de Dieu

Faces érodées nous ressemblons au temps qui passe

À la promesse de vieillesse sillonnée

Nous sommes les vagues enfants sans cartable. Devant la porte de l'école où tout le monde entre sauf nous, nous remuons nos mains palmées

Autour de l'air où nous échappe la balle d'argent, chez nous la balle va trop vite nous avons la douleur morale de nous réveiller trop tard pour l'enfermer encore vivante.

Mais s'il y a un mort enterré dans la famille nous ne faisons rien pour l'empêcher de revenir en âme se percher dans nos branchies, car nous n'avons aucun âge (contre-) indiqué. Nous sommes gentils gentils gentils !

C'est un empereur sans dominion, un empereur qui tire de sa misère de lapin humain un empire absolu absolument énigmatique exercé sur toute personne qui une fois le soulève de terre. Si quelqu'un sans méfiance le prend dans ses bras, un sort est tout de suite jeté. Il s'agit d'un attachement pire qu'un filtre. Il y a du vampire innocent caché dans ce lapin : l'autorité absolue de l'agneaulapin né pour le sacrifice et qui ne demande à personne où est l'agneau qui le remplacera. Mais c'est un lapin qui ne tient pas debout. Cahin-caha sur la pente de Moriah, c'est long cette ascension. Combien de temps ?

Un an et quinze jours environ.

Mais naturellement quand on se met en route on ne sait pas quand et comment cela va se terminer, cette épreuve. Tout étant déjà décidé, on n'a plus qu'à aller longuement, lentement, finir, sans idée et sans opinion.

D'ailleurs lorsque l'enfant Georges était déjà décédé et enterré dans le Cimetière juif de Saint-Eugène, mon fils continuait à m'être vivant tout le temps que la nouvelle de l'événement ne m'était pas encore parvenue, ce qui se produisit juste avant la naissance de son frère, mon fils vivant. « Il y a quinze jours » dit ma mère, en arrivant juste à temps pour le suivant. Il y a une quinzaine de jours, dix ou quatorze qu'importe, on est à la croisée, déjà mort toujours vivant toujours un peu moins mort que mort, mais sur le livret de famille terme conseillé : décédé. Tout de suite après la nouvelle mon fils le suivant entre dans le petit livre déchiqueté. Mais même alors. Jusqu'à ce matin je n'ai jamais lu le livre. Je n'avais jamais lu la nouvelle. Il n'y avait pas de date.

La mort n'intéresse pas ma mère la sage-femme. Les nouvelles de la disparition des personnes proches ne lui parviennent pas.

— Les frères et les sœurs d'Omi disparus en camp de concentration, quand as-tu su ?

Elle n'en a pas idée.

— La mort de Georges le petit ? — Qu'est-ce que tu veux que je te dise ? — Mais tu étais là ?

Elle n'est jamais arrivée à y être. Des années après, la mort n'est pas encore arrivée. Et peut-être jamais. La mort existe-t-elle ? Elle préfère ne pas savoir.

Lettre à mon fils auquel je n'ai jamais écrit de lettre

Mon amour, à qui je n'ai jamais dit mon amour,

J'écris dans la maison que j'ai fait construire à cause de toi, en hâte pour toi et contre toi tandis qu'Ève notre mère te gardait, je construisais je n'écrivais plus, au lieu de poèmes, je bâtissais je répondais en pierres à ton arrivée pour les temps des temps, je t'accueillais, je te prévenais, j'élevais en vitesse une maison où nous garder et nous séparer, je faisais la maison où tu n'es jamais venu. Maison achevée le premier septembre 196- jour de ton propre achèvement.

Je ne pense jamais à l'origine de cette maison née de ta naissance. Dès que j'ai su ton nom du jour au lendemain j'ai cessé d'écrire.

J'écris dans cette maison que j'ai bâtie afin de ne plus jamais écrire.

J'ai hérité cette maison où je t'écris de ton interminable passage.

Je te dis tu, je te fais venir, je te tire hors du nid inconnu.

Brève trêve de ce il, je prends dans mes bras le fantôme de l'agneau écorché.

Pendant que j'écrivais je sentais sa joue râpeuse sous mes lèvres.

– En voilà un qui n'aura pas besoin du *Nasenjosef* dit ma tante.

– Je trouve qu'il a un drôle d'aspect dit ma mère. J'ai demandé à un ami de tonpère, un pédiatre juif. À l'époque je n'y connaissais rien.

– C'est un mongolien, à vous je le dis, mais ne le dites pas à la famille.

– Ça, on ne le dit jamais. Tous les mongoliens se ressemblent. Encore une honte. Alors j'ai dit : c'est mon petit-fils et l'ami m'en a voulu définitivement.

– Toutes ces distinctions, dit ma mère, les Juifs aussi, ils font des distinctions.

Le mot : distinction. Omi était très distinguée.

Jusqu'à la naissance de Georges, elle était la plus distinguée de la famille. Comment distingue-t-on la distinction ? Et maintenant, le distingué, c'était mon fils le mongolien. Mais Omi qui était d'une si bonne famille qu'elle fut admise à la loge des femmes franc-maçonnes, quand même elle fréquentait Frau Engers. Elle se gênait mais cela ne la gênait pas que Frau Engers ne se gêne pas. Les Juifs allemands avec les Juifs polonais, on se sent supérieurs, ça m'a toujours gênée cet esprit de caste, j'étais déjà pour l'Europe en 1925 avec Fraulein von Längeke notre professeur d'allemand mais ensuite ce qui m'a le plus gênée c'est quand les nazis ont commencé à sembler faire les mêmes distinctions mais bien sûr c'était seulement une feinte. Le consistoire était en prison mais ils ont cru que seuls les Juifs polonais étaient déportés, comme s'ils étaient plus juifs d'être polonais et eux plus allemands quoique juifs donc à la fois plus juifs et moins juifs simultanément.

Et seuls sont abandonnés le 1er mai les chiens à trois pattes qui étant chiens coupés sont moins que chiens donc plus chiens et plus évidemment abandonnables.

Mais tout cela est une question de point de vue et d'occasion.

– TOUT DE SUITE J'AI EU DEUX POSSIBILITÉS, je les vois nettement dit ma mère, ou bien de le tuer ou bien de l'adopter. Le tuer je n'ai pas eu le courage, c'est quand même des enfants malheureux, qui sont rarement autonomes, veulent-ils vivre ils n'y arrivent pas, on doit les nourrir de force, les pousser de lait en lait jusqu'aux carottes, veulent-ils courir tout le corps les fait tomber, veulent-ils mourir on les fait vivre, on les pousse toujours en sens contraire, on leur maintient la tête au-dessus de l'eau avec une planchette, c'est quand même malheureux à l'époque de Georges tonpère il fallait mourir, alors qu'aujourd'hui on fait vivre des vieilles dames qui ne sont plus présentes. On tue l'enfant pour la mère, ensuite on se le reproche. J'ai craint que tu me poses des questions, dit ma mère, me demandant quand il était mort où de quoi comment et que je m'embrouille dans tes questions qui ajoutent tou-jours une autre question derrière la question, j'ai eu peur de mal cacher le pot aux roses, j'ai craint que tu me le reproches un jour, quelque chose que j'aurais mal fait pour bien faire, tuer, mentir, ou au contraire que tu ne me poses aucune question ce qui m'aurait laissée indéfiniment dans l'incertain. – D'ailleurs je ne l'aurais pas fait parce qu'un enfant qui est vivant on ne peut le faire disparaître, dit ma mère, je n'avais donc pas la possibilité, seule l'idée aurait pu passer, ajoutait ma mère, comme si des années venaient de s'écouler depuis qu'elle avait commencé à parler entraînant dans un glissement de sable tout ce qu'elle avait pu avoir pensé.

Je reconnais là l'influence lunaire de mon fils dont la présence d'absence a toujours causé ces balancements de pensée. Tout ce qui visque et vire en nous c'est lui, mon dé-niché.

– Finalement chaque fois que j'ai eu la possibilité de tuer une personne chère pour bien faire, je n'ai pas eu le courage par crainte des reproches que je me ferais les uns pour les autres contre, c'est ainsi que je n'ai pas eu le courage de tuer Omi au moment voulu, quand elle n'a plus eu sa tête mais seulement ses yeux qui ne voyant plus à la fin, me suivaient de leur bleu qui n'avait jamais été plus terriblement bleu elle n'était déjà plus présente et je m'excusais à ses yeux, je n'avais qu'une hâte c'est qu'elle meure mais c'est une chose que personne ne peut se dire mais j'aurais souhaité sans vouloir, souhaité qu'elle s'arrête de mourir en mourant et souffrant, qu'elle ait eu la faiblesse suffisante, sauf qu'Omi avait un cœur qui résistait à tous nos souhaits, et je me reproche encore aujourd'hui cette indécision impossible. Ma crainte était de mentir que je lui donnais la mort qu'elle aurait certainement demandée si elle avait eu toute sa tête, alors que peut-être je n'aurais fait que me libérer de sa souffrance inutile. Il y a un fardeau qui dépasse mes forces, je m'approche du lit et j'entends les gémissements d'Omi, c'est un crime, entendre les gémissements de sa propre mère et ne pas les entendre est aussi un autre crime, et être dans sa chambre alors qu'elle n'est déjà plus présente sauf ces yeux qui par leur bleu obstiné tenaient tête même à sa nouvelle cécité, c'est aussi un crime, le sac de pipi aussi, tout est crime, et pas un mot, pas un geste, pour ne pas commettre encore un autre crime. Et pour le bébé au lieu de gémissements, ces petits ronflements hâtifs et oppressés dus à sa malformation cardiaque tu te souviens qu'il semblait toujours se dépêcher ou comme fuir, comme en train de courir dans son berceau devant ou au-devant ou après — était-ce la naissance, le jour ? L'être écrasé donne l'impression de quelque chose de si abandonné, surtout lorsqu'à force de baigner dans l'urine il n'a plus la protection de la peau, et c'est toi qui l'abandonnes quand même, on voudrait ne plus l'entendre râler, c'est une impression de désir si veule qu'on se sentirait soulagé qu'il ne se plaigne plus, de ne plus l'entendre se plaindre, Omi, le bébé, et c'est pour cela que je n'ai pas pu, craignant de me donner leur mort en leur donnant la mort que pourtant ils avaient bien méritée, m'affligeant de me faire du bien, comme si je dérobais quelque chose dans ton armoire, ce que je n'ai jamais fait, et je n'ai rien donné puisque je ne voyais pas comment me neutraliser, j'ai eu peur de me sentir remise en liberté et soulagée.

Inversement pour le bébé, s'écriait ma mère, d'une voix gonflée par l'indignation, je n'ai jamais pensé à le tuer, c'était toujours notre mascotte et je n'aurais jamais pu pouvoir ni vouloir ni voulu pouvoir non plus ni non plus voulu vouloir pouvoir même penser à le supprimer. Cette idée ne pouvait donc qu'être à toi.

– Mais – commençai-je ma phrase et l'on ne saura jamais ce que ma phrase aurait dit car elle fut coupée par une queue de poisson, ma mère prit le tournant sans regarder sur les côtés, comme elle s'est mise à le faire depuis quelque temps. Comme enivrée par une urgence qui la talonne et lui suggère de folles témérités. Elle cavalait, laissant derrière elle toute autre narration que la présente, toutes les versions qui auraient pu précéder celle d'aujourd'hui étant oblitérées, rendues caduques et jamais advenues par le dépôt de ce nouveau testament.

Assise au bord du chemin je la regardai galoper le récit avec une stupeur admirative elle soulevait sur son passage un nuage de poussière blanche qui retombant sur les pages précédentes les recouvrait. La violence de sa conviction me fit chanceler. Et si c'était moi qui avais inventé toute cette histoire de suppression, et si c'était moi qui me faussouvenais de l'avoir entendue me dire nettement : j'ai pensé à le tuer mais je n'ai pas osé. Je vacillai. Nous ne nous possédons pas nous-mêmes, et nous sommes tous possédés, je suis absolument sûre que ma mère m'a dit la chose en question et sans manière, mais je n'en jurerais pas. Je me garderais d'ailleurs de jurer que ce que quelqu'un m'a dit en secret a été réellement dit par ce quelqu'un surtout s'il s'agit de ma mère ou de mon amant, du moins de le jurer à un tiers, sachant bien qu'on ne peut se fier à aucun inconscient, à plus forte raison lorsqu'un inconscient est en communication avec un autre inconscient.

– *Là aussi*, s'écria ma mère, je me suis reproché de ne pas avoir fait une piqûre pour alléger ses souffrances et pour raccourcir sa vie, c'était une bêtise, pour laquelle on souffre pour rien du tout. C'est une sorte de crime renversé, c'est une obligation de ne pas faire ce qu'on sent avoir l'obligation de faire. Et là-dessus la bonne femme qui vient constater le décès me demande : « est-ce qu'elle est morte de mort naturelle ? » À quatre-vingt-quinze ans. Celle-là alors. En fait je ne savais pas du tout avec quoi. D'ailleurs Omi m'avait demandé : donne-moi quelque chose. À quatre-vingt-quinze ans j'ai assez vécu. Je m'ennuie. Avant de tomber. Avant qu'elle tombe. Elle n'avait pas encore perdu la tête. Donne-moi quelque chose et ne me le dis pas. Donner. Mais quoi ? À qui m'adresser ? Demander de donner quoi ? On ne peut pas se confier. Tu ne peux avoir confiance en personne. Il n'y a personne. Je n'ai jamais personne à qui parler. Et voilà pourquoi je n'ai pas répondu à Omi. Elle aurait évité deux chutes et deux opérations qui étaient tout à fait inutiles pour arriver au même but. La seule personne en qui j'avais confiance.

La seule personne en laquelle ma mère avait confiance c'était sa mère, et justement Omi lui a dit : *donne mais ne me dis pas*. Ce n'était pas moi. Il n'est pas impossible qu'Omi ait pensé que sa fille lui avait donné ; donné sans dire. Selon ma mère cette hypothèse est à exclure, Omi n'a jamais pensé que ma mère lui avait donné *quelque chose* parce qu'elle voulait ignorer, on préfère ignorer dit ma mère, Omi a toujours ignoré selon ma mère c'est ce qu'elle voulait parce qu'elle voulait arrêter de vivre mais sans que ce fût mourir, étant assez lucide et forte pour avoir peur de ce dont tout le monde a peur, et lorsque le moment approcha Omi n'avait plus sa tête pour savoir si ma mère lui avait donné ou pas et tout était trop tard. Il ne restait que la souffrance et pour rien. Tandis que selon moi Omi a pu penser que ma mère ne lui dirait jamais rien et elle a pu recevoir sans le dire ce que ma mère ne lui avait pas donné, si bien que même sans avoir rien donné, ma mère avait quand même donné quelque chose à Omi. Mais ma mère assure que cette hypothèse est mon invention. Selon elle Omi savait que ma mère n'allait pas le faire sinon elle lui aurait donné l'ordre de le faire, mais elle lui avait seulement demandé le secret. Omi avait peur quand même du mystère et aussi ma mère, dit ma mère.

À la fin il ne lui restait plus de présence que dans la main avec laquelle elle serrait la main de ma mère.

– Elle avait un cœur qui ne cessait pas de battre, elle ne mangeait plus depuis longtemps, elle avait perdu la tête depuis longtemps, restait son cœur qui battait-battait elle n'était plus que l'organe. Mais quand je lui donnais la main sa main me serrait la main. Le Docteur dit : ça, c'est un mécanisme. Ainsi même la main, je ne lui donnais peut-être pas. Pourquoi abréger la vie qui n'est plus qu'un mécanisme dit le Docteur ? On ne donne rien. Ça va s'arrêter tout seul. Je pensais tout le contraire. Entre médecin et sage-femme c'est toujours la guerre dit ma mère. Il faut toujours que le médecin parle de travers et la sage-femme doit se taire.

Là aussi je me reproche dit ma mère.

— Pourquoi dis-tu *là aussi* ? dis-je.

— Je n'ai pas dit *là aussi* dit ma mère. J'ai dit : je me reproche de ne pas avoir allégé sa vie. Elle ne voulait pas faire pipi au lit. Toutes les demi-heures il fallait qu'elle se lève. Je lui disais mais fais pipi au lit, tu as un lange. J'avais peur qu'elle tombe. Non dit Omi toute ma vie je n'ai jamais fait pipi au lit. À la fin j'avais pris les petites cousines chiliennes Inès et Nancy qui faisaient les nuits parce que moi j'en avais marre de me lever toutes les demi-heures, donne-moi quelque chose dit Omi, elle ne voit plus bien, elle ne tient qu'à moi, ça ne l'intéresse pas la lutte avec le pipi pour vie. Et c'est justement pour cela que je ne lui ai pas donné : parce que malheureusement j'en avais marre de me lever. D'Omi ne restaient que le cœur et la main qu'elle me donnait toujours. Et pour finir si j'avais mis fin à ses jours je ne l'aurais naturellement confié à personne. Mais je ne l'ai pas fait. Omi seule sait. D'ailleurs je suis incapable de savoir comment je m'y serais prise pour échapper à la vigilance de tonfrère le médecin alors même que j'étais tentée de lui demander de m'aider à l'endormir, mais tu ne peux rien demander de ce genre à un médecin alors que c'est seulement à un médecin que tu peux demander ce remède. Parce qu'on ne veut quand même pas tuer soi-même. Bercer seulement. Comment aurait-il pu charger sa conscience de médecin d'un tel fardeau ? Seul lui pourrait répondre. Et si Omi avait pu parler à la fin est-ce que je peux savoir ce qu'elle m'aurait dit ? Ma belle-mère disait toujours : bien faire et laisser braire, elle disait ça à Oran, mais si tu examines la phrase tout s'emmêle, comme si on savait qui fait qui brait. Je vois bien nettement que *j'étais pincée entre deux impossibilités*, dit ma mère. On ne fait pas bien jamais, on fait le mieux mais pas le bien. Lui aussi, le bébé, je l'ai quand même gardé. Il me semblait que c'était un garçon qui aurait été intelligent. Mais c'était une idée à moi, en tant que sa mère j'ai toujours pensé qu'il n'aurait pas été bête, dit ma mère.

– Tu as dit : « c'était un garçon qui aurait été intelligent » m'écriai-je mais à voix basse pour ne pas la faire fuir mais pour ralentir sa course, attends attends, je voulais entendre ces mots, je tendis la main pour lui intimer de marquer un arrêt, Ho ! disait le charretier d'Alger à son cheval et moi je dis Ho ! à ma mère.

– Mais non se reprend ma mère aussitôt et ses yeux s'arrondissent pensant qu'elle a dit une bêtise, ce n'était qu'une idée à moi à laquelle je ne croyais pas, se défendait-elle. Une image furtive absurde au futur qui n'existerait pas et voilà que sa fille la saisit. Mais ce que je voulais réentendre c'est-à-dire avoir entendu vraiment ce n'était pas l'idée, c'était ce mot : *garçon*. Car s'il y avait un mot qui ne nous venait jamais à propos de Georges dans ses parages, un mot qui ne se posait jamais sur le berceau en palpitant c'était *garçon*. Dans le nombre de tous les mots et noms il n'y avait pas *garçon*. C'est la première fois tremblai-je que j'en entends parler : ainsi pour ma mère il avait fini mais dans le secret de ses pensées les plus retenues, les plus pudiques, par devenir l'esquisse d'un garçon. C'était un vrai *mongolien* s'empresse ma mère mais une fois où j'étais seule, m'est venue cette idée, comme une irisation de pensée, une illusion dont tu aurais honte qu'elle fût rendue publique. Sur le mot garçon nous nous penchâmes ensemble un instant. Et ma mère d'une secousse reprit sa course.

— *Étant d'une grande gentillesse* il avait beaucoup de mères. Je citerai tout le Personnel, parmi lequel en premier les aides-soignantes, Kheira, Barta qui lavait par terre, ensuite les sages-femmes d'abord Kenous, la rousse, celle qui à l'hôpital a fait la connaissance d'un bel officier français, ils se sont amourachés ensuite il est rentré en France chez sa femme, et celle qui était du Sud, une Mozabite qui avait vraiment fait ses études mais en Angleterre, une bonne sage-femme, qui était venue la remplacer comme elle le lui avait demandé. Elle arrive et la Kabyle lui dit non je reste, je ne me fais pas remplacer. J'ai changé d'avis, elle portait Georges dans ses bras et *il y avait eu un attachement.* Qu'est-ce qui se passe ? crie la Mozabite d'Angleterre. Je me dis : je la paie, tant pis l'autre veut rester, elle est attachée. Vous êtes payée et vous ne faites pas le travail dis-je, pourtant c'était une bonne sage-femme. Elle crie : vous me payez et je fais la garde, et Kenous se tenait à l'enfant et dit : je reste. L'autre crie : je vous remplace. Je dis : ça ne sert à rien de crier. Elle crie : Ah ! mais moi j'ai besoin de crier. Elle était très intelligente. Par la suite elle est devenue haut légume dans le Sud. L'autre, la rousse, elle a eu un coup de folie. C'était à croire que Georges avait une influence. Pas besoin de breuvage : le bébé. Une autre, Rozouk – elle qui ne voulait pas qu'on entre dans la salle de travail – non ! personne n'entre. Elle avait une habitude elle coupait. Dès qu'une femme accouche. Elle la coupe. Mais pourquoi vous coupez ? Essayez de ne pas, dis-je. – J'ai l'habitude. Moi je coupe dit Rozouk. Mais avec Georges, elle le portait sur son dos. L'autre aussi, la plus mauvaise, Kayouche, chaque fois qu'il y avait un accouchement c'était de justesse que l'on passait devant la catastrophe et un jour je l'ai surprise en train de jouer avec Georges, quoiqu'elle fût si mauvaise. C'était le jouet. Tout le monde était désarmé. À la Clinique toutes les sages-femmes et le Personnel, il était leur mascotte. Un saint de quatre sous, autour de lui la paix, sans le faire exprès, toute personne qui l'approchait partait dans son propre sens contraire. Moi-même, poursuit ma mère. Ce qui était compliqué, c'est qu'à l'époque où j'avais pris le bébé j'avais un ami qui trouvait ça très gênant qu'on s'attache à ces enfants. Il m'a quittée à ce moment-là parce qu'il s'attachait lui aussi à l'enfant. Je l'ai quand même eu pendant plusieurs mois et tout le monde s'est attaché à lui. On ne s'en aperçoit pas et là-dessus sans qu'il y puisse rien, cet enfant vous attache. Mon ami disait qu'il ne voulait pas s'attacher à un enfant comme ça parce qu'on s'attache à ces enfants gentils et *on ne peut plus jamais s'en détacher.* Il était intelligent et on ne l'entendait jamais se plaindre. Mon ami le contraire. À sept mois il était bien réglé pour aller à la selle. Pas beau mais pas très laid. Un bébé à qui on donnait à boire et à manger. Mon ami trouvait ça inquiétant cet attachement commençant. J'avais une collègue qui s'est mariée quatre fois. À ce moment-là elle a eu un mari qui était docteur. Elle avait créé une clinique dans une entrée de couloir. C'était *l'initiatrice.* Toujours elle voulait m'initier. Elle m'a dit : le plus gros fruit, c'est toujours sur mon assiette. Vous croyez que j'ai de la chance ? Comme s'il tombait de l'arbre sur mon assiette. Je vais vous donner le truc. Toujours elle voulait m'initier. Comment elle a fait marcher la clinique d'entrée de couloir ? Vous allez à l'hospice des vieillards, dit l'initiatrice. Il y a beaucoup de vieilles abandonnées qui peuvent encore servir et ne demandent pas mieux. Elle avait pris une vieille à la figure toute ratatinée mais costaud, elle faisait *tout*. Un jour la vieille me dit, dit ma mère : je gagne bien, et elle, l'initiatrice, elle *le* met tout de côté. Le Fruit de son travail. Je pense à cette pauvre vieille qui n'a jamais vu un sou, dit ma mère. C'était une femme capable avec sa clinique inconsistante. Avec raison elle ne faisait jamais d'accouchement qu'elle n'avait pas appris à faire, étant à l'origine secrétaire. Elle faisait des avortements, c'est ce qu'elle faisait de mieux. À cette époque elle était arrivée au troisième mari, un homme jeune qui a vingt ans de moins qu'elle, un gardien de prison. Elle lui disait toujours : quand nous aurons des enfants. Qu'est-ce qu'elle raconte, pensais-je, elle ne peut pas avoir d'enfants, elle a déjà cinquante ans, et elle n'a plus d'utérus non plus, mais lui au moins il avait toujours l'espoir – avoir des enfants, et avoir l'espoir c'est déjà avoir mentalement des enfants. Elle faisait des breu-vages. Elle me dit je vais vous initier. Je vous montre un breuvage. Elle me dit : je vais vous donner des potions pour attacher votre ami, dit ma mère. J'ai dit : je ne marcherai pas. Ou on se marie volontiers. S'il ne veut pas je ne force personne dit ma mère. – Au moins renvoyez cet enfant, dit l'initiatrice. C'est justement ce qu'elle n'aurait pas dû me dire, dit ma mère. Cet enfant n'allait pas durer. Ce que mon ami craignait c'était l'attachement. Il ne faut pas forcer les choses. À ce moment-là il m'a quittée pour ne pas s'attacher parce qu'il s'attachait. *Qui sait à quoi ça sert ?* disait ma grand-mère, dit ma mère. *Gam su letouvo ?* Ce qui est mauvais on ne peut pas savoir si ce n'est pas bon. *Gam su letouvo* s'écrit comme tu veux, si c'est mal écrit on ne peut savoir si ce n'est pas bien et inversement. J'avais probablement quand même tort mais peut-être pas. J'aurais pu renvoyer l'enfant à sa mère, c'est-à-dire à toi. Mais si je l'avais fait j'aurais été obligée de renvoyer aussi mon ami. Moralement.

Il y avait aussi d'autres raisons : une fois j'avais fait des crêpes un soir où l'ami dînait chez moi, et l'une était plus grosse que l'autre. Des crêpes à la confiture. Moi par politesse je n'ai pas pris la grosse. Il me dit : pourquoi prends-tu la petite ? Je dis : par correction je te donne la plus grosse. Il dit : qu'est-ce que tu as mis là-dedans ? Je dis de la confiture. Il a pensé que j'avais mis un de ces aphrodisiaques préparés avec des ongles des pieds et des cheveux. Je sais ce que font les femmes, dit-il. Et il n'a pas mangé la crêpe. Je me suis dit : si ça ne doit pas être, je ne vais pas insister. Et j'ai mangé la crêpe. Sur ce il m'a quittée peu avant qu'il soit mort. Finalement je ne sais pas si je n'ai pas insisté à cause des crêpes ou à cause de Georges. Mais si je n'avais pas fait des crêpes à la confiture ce soir-là, ou bien si j'avais fait des crêpes de même dimension et alors s'il ne m'avait pas quittée à ce moment-là pensant que je voulais l'attacher soit avec des remèdes soit avec ce genre d'enfant dont on ne peut plus ensuite se démêler, et quelque temps après les crêpes voilà que Georges est mort, est-ce qu'il m'aurait épousée ? Sans craindre *un attachement* ? Je me le demande. J'ai quand même pensé que c'était une solution. Je l'aimais beaucoup. Il était très gentil. Il valait mieux qu'il meure. Le faire survivre par force, je ne veux pas. On doit laisser faire, Dieu pourvoit, même si toi tu ne vois pas, comme disait ma grand-mère, dit ma mère.

ALORS TU VEUX SAVOIR LA FIN ? dit ma mère. Oui, dis-je. Nous n'avions jusqu'à ce jour jamais parlé de la fin, je ne sais pas pour quelles raisons, et voilà que ce jour-là, comme ayant traversé une mer de silence et de terre en creusant longuement sous le temps, arrivait, venait d'arriver, le jour de la fin de ce suspens qui avait duré des années et des années. Je ne connaissais pas la date de la mort de Georges mon fils, moi qui chaque année reçois la visite de Georges mon père aux dates brillantes et ineffaçables. Je m'aperçois que n'ayant jamais posé de questions je ne sais pas que l'enfant est mort : il a seulement changé d'absences. D'un autre côté ma mère n'eut jamais le besoin ni l'idée d'un récit. Mais toute cette vie de l'enfant s'est toujours passée avant l'invention du récit, elle n'avait pas été prête à être racontée, me dis-je, tandis que ma mère gardait un silence, le dernier silence, pensai-je. Toujours il y eut ce retard du temps sur notre temps, les choses, dans la vie de mon fils, mettaient beaucoup plus de temps à se réaliser que dans le temps de nos vies d'à côté, mûrir, mourir, tout a pris son temps, d'une part il n'a jamais cessé de se faire attendre, comme retenu par le mystère d'une lenteur, d'autre part sous la lenteur couvait une vitesse extrême mais une vitesse d'une autre nature que nos vitesses, comme si dans sa région qui peut être appelée son Asie, région immense inexplorée mais non interdite à ma contemplation, la vie était gouvernée par des rythmes et des précipitations qui m'ont toujours prise au dépourvu. La jeunesse, l'adolescence, la maturité, les âges, toutes ses saisons tout autres que les nôtres. Lorsqu'il eut sept mois, l'âge où il donna à ma mère la satisfaction de pouvoir croire que coïncidant avec un enfant standard il allait à la selle comme dit ma mère sur un vrai pot, il nageait sous mes yeux très loin de la surface, je le voyais mener sa vie dans de grandes et glauques profondeurs ce qui ne l'empêchait pas de donner des signes de paupières ou de pousser doucement vers la fente de ses lèvres ce qui plus tard serait un sourire, et tandis que je le regardais évoluer dans cet espace constitué de couches de lointains proximes, son visage me frappait par des aspects de gravité d'un autre âge comme si lui me regardait du haut d'une colonne antique, évoluer sous ses yeux dans un air également comparable à une langue étrangère. Unis dans une seule incompréhension que nous partagions à tâtons. Et tout était indicible. Une sorte d'ancienneté accompagnait son expression.

– Alors, dit ma mère, maintenant, je te raconte *la fin* :

Arrivée au quatrième mari, c'était un danseur espagnol, et elle en était folle. Mais la famille lui dit tu es folle, l'idée d'aller en Espagne ! Il lui a offert des bijoux. Alors la famille lui dit tu n'as qu'à garder les bijoux. Et c'est ce qu'elle a fait. Elle l'a foutu à la porte. Justement une femme à qui elle avait mis une sonde est morte. Elle a eu peur de la vengeance. Aussi elle est partie en France. Et je n'ai jamais eu de ses nouvelles. Dit ma mère en comptant mentalement les dix pieds de ce départ.

Et la fin, c'est qu'il y a eu un congrès de sages-femmes à Monaco et une sage-femme m'a dit : vous vous rendez compte ! Mme D. a eu un enfant à plus de cinquante ans ! Et avec quel mari ! Et moi, dit ma mère, je pensais ce que je pensais : elle a fini par avoir l'enfant qu'elle ne pouvait pas avoir, et je savais comment. On n'a pas besoin d'être enceinte dans certains cas. Voilà l'histoire : le plus gros fruit, c'était toujours sur son assiette. Comme s'il tombait de

l'arbre sur son assiette, c'est drôle, dit-elle Mme D.
– dit ma mère.

– Raconte-moi la fin de Georges, dis-je. – Qu'est-
ce que tu veux que je te dise ? dit ma mère.

« Georges, petitgeorges » : je tends les mains de
ma voix. Penchée sur le petit lit d'Alger garé dans ce
qui fut jadis le bureau du Docteur Georges Cixous
mon père, je tends ma voix, prends ma voix le
pressé-je, je cherche à pêcher l'enfant-flottant sous
les reflets du silence le visage rond tourné vers moi
les lèvres légèrement fendues je souffle les syllabes
vers sa langue pointue je veux l'inspirer, je veux le
soulever le ramener à la réponse. Sans fuir non plus il
demeure plongé en mystérieux préparatifs.
    Inhabitant de la langue. Alors comme il n'y a
personne sinon le spectre de mon père dans la
pièce où je prie, je m'en saisis, je l'attire à ma poitrine en chantonnant je lui lèche les ouïes et le
niais frissonne.

– Allez, Georges, dit mon frère, viens petit frère
dit mon frère, à cheval, on va faire un tour, viens
petit frère dit mon frère l'interne en médecine à mon
fils l'agneau niais qu'il a pris pour frère imprévu.
D'un coup d'aile le voilà perché sur l'épaule de mon
frère. Et là-dessus mon frère avec son frère de greffe

sur la nuque s'ébroue, ils trottent dans le couloir de la Clinique accélèrent, galopent, hennissent, le petit bec de l'enfant-supplément se fend longuement. Alors a jailli de la bouche tordue par la joie, arraché à la langue d'une grosseur gênante pour un si petit flacon, un cri de rire, et une rosée de malice se répand sur le rond de la figure pâle. Au portail de notre enfance, la tête aux barreaux, je regarde : le mariage de mon frère le médecin avec Georges l'enfant manqué mais pas manquant. Le troisième enfant nous a toujours manqué, pensé-je. Un frère et une sœur veulent un enfant. Nous ne cessions de réclamer le troisième à ma mère après la guerre. La guerre est finie où est l'enfant, exigions-nous. Qu'en as-tu fait, qu'en fais-tu nous la battions de nos mots. Où est mon frère dit l'un où est ma sœur dit l'autre. J'enrageai. Mon frère bronchait. Brutaux, essoufflés par l'espoir qui allait expirant, l'enfant, l'enfant ! demain ! Demain ce sera trop tard ! Nous grincions des dents. Nous cherchions partout dans la maison. Nous flairions l'enfant caché, l'œuf, le fruit de nos étreintes hostiles, une sœur pour moi, un frère pour lui, la guerre rallumée, il faut être trois pour être chacun et chacune séparément, assez de cette sia-moiserie, nous voulions le troisième qui déséquilibre et libère. Nous soulevions les tapis dans la salle, reje-tions les coussins, ouvrant les pochettes, secouant les serviettes, flairions les tiroirs, sans pouvoir renoncer à trouver chaussure à notre pied.

Et c'est Omi qui m'en parla. Oui, il y a bien un fantôme, nous sentons à raison. Mais pour ma mère il n'avait jamais existé.

Et maintenant, alors que nous avions cessé de l'attendre depuis quinze ans et pour toujours, c'est mon frère qui avait fini par dénicher l'œuf de Pâques comme si pendant toutes ces années où j'avais renoncé en douce il avait patiemment poursuivi les fouilles dans la maison d'Alger, fracturant les buffets, détectant les clés cachées dans les piles de sous-vêtements et même dans les moules à gâteaux d'Omi. Il l'avait trouvé son frère. La pâte n'a pas bien levé, comme c'était le cas souvent pour le *Gefüllt*, l'œuvre d'Omi, le gâteau des gâteaux que nous adorions non comme un comestible mais comme l'esprit de la maison et dont nous suivions la préparation difficile avec d'autant plus de passion qu'une fois sur deux et sans aucune explication – les mesures étant toujours les mêmes – le dieu refusait de gonfler. Il est un peu aplati, le crâne, le dos. Mais quand même. Il manque un peu de nez, un peu de tout. Mais c'est l'enfant auquel mon frère finalement avait toujours rêvé. C'est le même.

– C'est mon petit frère, dit mon frère ferme froid raide de ressentiment. Maintenant tu le laisses, maintenant je le prends.

La scène se passe sous le silencieux regard de la tribu des morts. Moi aussi je regarde la scène. Dans cette scène je suis une morte. Dans l'arène mon frère se cabre en poussant des hennissements de défi. À demi voilé par le nuage de poussière, un poulain à trois pattes rampe comme un ver entre les jambes énervées de l'aîné.

J'aurais pu penser qu'il allait mourir, mais c'était impossible, j'aurais pu l'imaginer, l'espérer, mais cela ne m'est jamais venu à l'esprit, je craignais pour sa vie, un enfant qui n'avale pas, qui ne prend pas, qui ne tient pas, qui ne garde pas, qui à demi noyé dans l'air passe d'un souffle à l'autre mais cela ne m'est jamais venu à l'esprit, mourir.

Justement parce qu'il était né. Il avait eu cette force de ne plus n'être.

Le ténu, l'improbable. Et c'est à moi qu'il arrive. Sous le coup ma vie se renverse. Un événement révolutionnaire. Nous partîmes en sens contraire, ma vie et moi, mes pensées, le scénario du futur. En un mois tout est remplacé. Où il y a Ville, il y a désert. Où il y a livres il y a l'enfant niais. Où il y a longue route traversant de part en part terres et mondes, il y a enclos palissadé. Dedans nous vivons vie d'oiseaux mes six enfants et moi nourris de baies et de miettes. Il n'y a plus de tranches de temps. Ne croyant jamais qu'il allait mourir. Puisqu'il était né. Nous avons vingt-cinq ans à vivre ou trente dit le Livre Pédiatrie et Maternité.

– Ce qui est extraordinaire c'est qu'à l'époque de Georges monmari il fallait mourir. Et maintenant tout le contraire. Mais le plus extraordinaire c'est que chaque fois que la famille prend un chemin, au tournant le chemin prend le sens opposé. On s'installe pour une trentaine d'années, on plante le chêne et le pin, on monte la cuisinière, on hisse la salle à manger d'Omi qui nous suit depuis cinquante ans de pays en pays. Et le lendemain, on peut repartir. On ne devrait jamais s'installer. *Man wird so alt wie ein Kuh, doch lernt man immer zu.* On devient vieux comme une vache, et encore on doit apprendre et on ajoute à ce qu'on a appris. Mais ce n'est pas vrai, finalement, on devient vieux et on n'apprend rien. Moi, je crois au hasard. Tout est hasard, dit ma mère. Tu ne peux compter que sur le hasard – sur lequel on ne peut pas compter. Cet enfant, quand est-il parti ? *Le seul jour* où je sors. Un an je ne sors pas. *Un jour,* je sors. Et il s'en va. Sans moi. *Le jour où je ne suis pas là.*

– Tout est hasard, dit mon frère. Le hasard a toujours été bon pour moi, sauf parfois. J'avais cet enfant. Je m'amusais avec lui. Dans la mesure où je pouvais m'amuser. Où il pouvait s'amuser. Il regarde, il sourit, il éclate de rire. Un enfant abandonné. Avec maman pour mère. Je t'en voulais de l'avoir laissé à maman pour mère. Mais d'un autre côté j'étais content. Mais si tu ne l'avais pas laissé, l'aurais-je trouvé ? se demandait mon frère et moi aussi.

– Je n'ai pas délaissé l'enfant laissé pensait mon frère, chaque fois que ma sœur laisse je dé-laisse, d'abord je lui en veux ensuite je suis content je l'accuse de crime contre la maternité. Ensuite je suis mère frère père et tout parent. Dieu me garde de jamais épouser ma sœur dont je suis si différent. Pensait l'orage mon frère. Et moi je tremblais sous ses mots orageux. Et je surprenais le soleil nié. Mon frère entasse des pyramides de nuages gris et lourds pour assourdir le cœur frêle et tendre comme la chair du foie d'un poulet niché dans sa chemise. Il pleuvait dur. L'enfant à l'abri dans la poche de poitrine de la chemise, la tête tenue par le sein dur de mon frère.

– Tu as refusé cet enfant pleut mon frère sévère aux yeux durement clairs, c'est ce que je pensais dit-il.

Il pleut par intermittence, orage, brève éclaircie, averse, c'est bien ce que je pensais qu'il pensait, pensais-je, le voyant tantôt les yeux à peine bruns tantôt noircis de colère pensant par oscillations, pensant avoir pensé puis ayant pensé le contraire après avoir pensé ce que maintenant il ne pense plus penser mais encore un peu sombre un peu latéral et mena-çant et s'en tenant à l'usage d'un passé composé trouble et inquiétant qui pouvait être une erreur de temps mais qui répandait sur ses phrases une intem-poralité pénible.

Il a de moi une image fausse pensais-je, il se montre injuste avec moi, c'est ce que je pensais mais, si je changeais de fauteuil avec lui, c'est peut-être ainsi que je verrais les choses, nos jugements sont entièrement faux ou à moitié injustes selon que nous nous enfonçons jusqu'aux oreilles dans le fauteuil gauche ou le fauteuil opposé, je me recroqueville dans mon fauteuil pensant je le trouve injuste et égaré, chacun pense : injuste faux, et tout ce que nous échangeons brusquement est injuste et brûlant, plus nous reculons plus nous frappons fort, nous lançons une pierre par-dessus le fauteuil et nous nous replions derrière le dossier. On cesse de penser ce que l'on pense car il ne faut penser qu'à lancer et relancer au plus tôt la première pierre.

— Tu as *largué* cet enfant, trouve mon frère, tu as *largué* cet enfant parce qu'*il est monstrueux*, dit mon frère. C'est ce que je pensais. Dit mon frère encore pensant ce qu'il pensait alors et qu'aujourd'hui encore je n'oserais penser. Et pourtant. Sous la vio-lente bourrade j'étais ébranlée.

– Je ne le pense plus, dit mon frère. Mais ayant cessé de penser cette chose avec ces mots depuis un temps récent, il n'était pas encore habitué à penser différemment.

Accroupie derrière le fauteuil sous la guerre j'entends siffler les projectiles qui ne me visent pas moi-même, mais cherchent à atteindre la sœur d'un frère que mon frère n'est plus. Le danger reste réel. Plus mon frère actuel s'éloigne de mon frère d'hier plus les coups se font vifs et les mots détachés du sujet acquièrent une force durement poétique. Les mots de mon frère sont un peu mâles, lorsqu'il y a menace de tendresse, mais cela va s'atténuant avec le temps pour sage, c'est normal. Moi-même devant mon frère je suis une fille et pas d'équivoque.

Georges nous l'appelons l'enfant. En vérité c'est *l'enfant même*, la cause des passions. Une lenfance nous prend l'utérus du cœur, elle s'attache par ses faibles ventouses à la paroi du ventricule. On ne doit pas larguer le mongolien tant qu'il ne s'est pas décollé de soi-même, sinon l'on arrache en même temps une parcelle du cœur et l'on risque de laisser un morceau de placenta dans l'utérus. C'est ce qui entraîne notre saignement. Aujourd'hui nous procédons à la révision du cœur.

– C'était subit. Cette mort. Un jour, dit ma mère.
Cette sortie. Un dimanche. On ne sort jamais. Un
dimanche on fait une excursion. C'est inexplicable.
Et quand je reviens le Personnel dit : pendant votre
absence, l'enfant a une très grosse fièvre.

Dans cette histoire, Alger est le nombril du
monde, car c'est là que réside le tribunal, la famille,
avec ses dieux purs et ses dieux injustes, ses interprètes sages et ses interprètes de mauvaise foi. C'est
au centre de la Ville que s'ouvre La Clinique, synagogue fondée par mon père le Docteur Georges
Cixous, puis détruite, abandonnée, désertée, puis
relevée par ma mère la Sage-Femme Ève Cixous,
ranimée, rappelée *La Clinique*. Le lieu où se présen-
tent pour être admis à vivre ou à mourir des centaines de nouveau-nés par année. Le cordon est
coupé. L'enfant est pesé, mesuré, regardé. Ici l'enfant
est décidé. Jugé. Certains sont bien écrits. Certains
sont incertains. La Clinique est la porte du monde.
Le nombril cicatrise.
    Le Personnel pense. C'est un coup. Est-ce une
tragédie ? C'est comme dans une tragédie. C'est évi-
dent. La chose ne peut se passer que l'unique jour de
l'an où la gardienne ne garde pas. Aussitôt l'enfant a
une très grosse fièvre. Justement : ce jour-là. Il a toujours soif : Le Dimanche. Le Personnel dit : Il boirait
la mer.

– Je lui donnai à boire à boire à boire dit ma mère, et elle continue. Encore aujourd'hui. À boire à boire à boire. Furtive, je bois. Dans le bureau. Chaque mot. Encore.

– Je ne peux rien te dire de plus. J'ai pensé qu'il allait mourir. Une telle soif.

Je vois qu'elle ne peut rien me dire de plus. J'ai soif. Je ne peux pas demander plus. Je pense que le récit va s'éteindre. *L'enfant mal écrit* – que j'avais mal écrit. Et des siècles plus tard, cherchant à repêcher les restes. La fin, justement, maintenant, cette année une année, rien de particulier, justement soudain cette soif. Terminé. Ma mère rajuste les écouteurs dans ses oreilles. Elle est toujours sur France Culture. Elle écoute. Je la regarde écouter. J'ai soif. Je ne dis rien. Elle n'a d'yeux que pour son émission. Ma soif, ma soif. Elle dit : oh ! avec indignation. Elle ajoute : c'est incroyable. Quand c'est fini – l'émission – elle reprend.

– J'ai pensé qu'il allait mourir, dit ma mère (et elle ne dit rien de plus que ce qu'elle dit) mais ce n'était pas vivable. *Juste le jour où je n'étais pas là*. La phrase se pose, neutre, ne donnant rien de plus que ce qu'elle donne.

Pour en finir avec ce récit maigre et ténu elle dit :

– Une nuit, il ne s'est plus réveillé.

Elle ajoute : le matin il était froid.

Alors, il était donc mort. C'est une fin modeste, effacée.

C'est la fin. Elle remet les écouteurs. Maintenant c'est l'époque où elle ne quitte jamais sa petite radio portative que je lui ai ramenée des USA. Elle l'écoute. Elle ne l'écoute pas. C'est un attachement total. Elle parle avec moi. Au milieu de la conversation elle m'importe les propos de la radio qu'elle résume et transmet fidèlement. Nous sommes toujours plusieurs. Parfois elle est accompagnée d'un petit grésillement. La nuit comme le jour. À l'aube elle me rapporte ce que lui a raconté la nuit. Nous ne sommes jamais tout à fait seules. Parfois il arrive que je me fatigue d'avoir à crier pour que ma voix lui parvienne par-dessus les autres voix. Je ne veux pas vivre avec la radio, crié-je. Je lui arrache les écouteurs et je crie encore plus fort.

Elle a fini. Les yeux tournés vers l'univers qui lui parle aux oreilles, elle est revenue au présent. Me laissant seule avec ce passé qui n'a rien d'actuel à lui apprendre.

La porte de La Clinique se referme. Je n'ai rien vu.

– Je pense quand même – dit ma mère – sans que je puisse décider si c'est à moi ou à l'autre qu'elle s'adresse.

– J'ai quand même pensé, parle ma mère – c'était une solution – tout en ne quittant pas la radio de l'oreille – je l'aimais beaucoup – dit ma mère. Il valait mieux qu'il meure – dit ma mère la voix égale de ma mère.

J'écoute, rivée aux mots, me demandant comment ponctuer, si je dois mettre virgule ou point ou enlever les tirets ou les blancs, comment interpréter son discours retenu ou rompu par l'autre, la radio ? Je note, en renouant le fil : « je l'aimais beaucoup il valait mieux qu'il meure ce n'était pas raisonnable vouloir qu'il vive par force ce qu'il avait toujours fait jusqu'à ce jour vivant par devoir de vie, en faisant tout ce qu'il peut malgré sa malformation cardiaque. Et souriant. »

– Je ne sais pas s'il est conscient de son état ? Soudain ma mère donne très fort de la voix.

– Qui ? m'écriai-je, qui n'est pas conscient ? Maintenant nous parlions terriblement fort et puis de plus en plus fort, ma mère démesurée par la surdité d'écouter l'autre, et moi criant encore plus haut pour tenter de l'atteindre, sans savoir aucunement où elle se trouvait, était-ce à Alger, à La Clinique, ou dans un de ces pays où désormais elle voyage sur France Culture comme si elle y était, la Russie peut-être, où elle était il y a une heure. Même quand je suis là, même à table, elle me préfère la radio, pensai-je, l'ami sur lequel elle compte. Elle ne m'entend pas.
– Elle continuera tout à l'heure, dit ma mère. Elle ôte les écouteurs. Et elle continue :

– Je ne sais pas s'il est conscient de son état. Est-ce qu'il se rend compte qu'il ne sait ni lire ni écrire ? Je ne pense pas qu'il ait un grand vocabulaire pour exprimer quoi que ce soit. Est-ce qu'il se rend compte qu'il ne peut rien faire sans l'aide de sa mère ? Je me rappelle seulement qu'il était souriant. Est-ce qu'il attend le seul jour où je n'étais pas là, pour se mettre à mourir ? Est-ce qu'il est conscient qu'il vaut mieux mourir exactement quinze jours avant la naissance de l'enfant suivant, afin de disparaître au moment où on ne peut pas se permettre de ne penser qu'au mort ? Je suis un peu dubitative. Je le vois, tu dois penser ça, mais c'est une idée à toi. C'était subit juste un jour où je suis sortie je reviens et il a une fièvre à 40°. Il est parti aussi subitement qu'arrivé. Malheureusement c'était beaucoup mieux pour tout le monde. C'était le bon moment, mais était-il conscient ?

Ma mère criait pendant que nous parlions de l'enfant, il n'y avait pourtant pas de vent, mais c'est qu'elle entendait le fantôme d'un discours que pourtant je ne tenais pas.

– Tu finiras par dire que c'est Georges, le chat ! s'écria-t-elle et je fus surprise brusquement dans mes pensées. Qu'il ait choisi le jour, je n'y crois pas non plus. Je sais bien qu'il était bon et délicat. Mais ça c'est une idée à moi. Le mongolien est-il conscient qu'on peut choisir ? Il est dans l'obscurité.

Puis elle claque la porte des ténèbres et rentrant à la lumière que ne hante aucune voix elle dit pour midi il y a du poulet.

– Pas de poulet, dis-je.

– Du bon poulet dit ma mère. Fermier. Ment ma mère, je la connais.

– Non, dis-je, pas de poulet, et j'entends ma voix reproduire exactement la voix de l'entêtement maternel. Sur le poulet nous nous affrontons comme des coqs.

– Non ?

– Non.

– Je te connais je connais tes faiblesses. Dit ma mère en enfonçant ses pattes dans le sable du salon. Il nous vient becs et ongles maintenant. Et c'est justement parce que tu me connais tu connais mes faiblesses que tu fais du poulet, pensé-je étonnée ma mère butée.

– Béni soit Montaigne qui ne pouvait supporter de voir égorger une poule !

– Ça m'étonnerait qu'il ne l'ait pas mangée quand même closse ma mère.

Elle appelle ça faiblesse-pour-le-poulet. Maintenant nous caquetons.

Chœur des Poules en Batterie

Ô nous toutes les éliminées du jour
Nous sommes les plus omises de tous les animaux
Notre nombre innombrable comme les étoiles au ciel
Et comme le sable de la mer

103

Personne n'en a cure ou pitié
Nous ne comptons pas dans la pensée du monde
Nous sommes les mères décarcassées
Personne ne veut nous regarder
Il y a de quoi il y a de quoi il y a de quoi
En kilomètres de cages grillagées nous sommes
entassées
Derrière les barbelés poules sur poules rayées
De la réalité
Sans chance d'être jamais poule à l'air
Nulle poule ne pourra jamais étendre une aile
entière
Nous sommes les trognons des poules de notre
antiquité
Poules à ailes et pour rien, nées pour l'assiette et la
cocotte
Notre lot est d'être devenues poule-à-rôtir
Ô nous les plus bannies de tous les êtres animés
Nous sommes pleines de soupirs étrangers à vos
affaires
Nous sommes des poules de mort.
Une mort de poule, cela n'existe pas pour vous
Même pas victimes et même pas bourreaux
Nous sommes cuites-nées
Et pourtant
Dans chaque poule condamnée
À n'avoir jamais été poule de création créée
Dans chaque poule morte-vive

Et jamais crue poule qui pense
Poule allant d'un seul trait des barbelés au gril
Un cœur bat vous et moi
En chaque poule pleure une poule qui sait
Ne rien savoir, n'avoir jamais rien su
Se souvenir du temps où les poules picoraient.
Sans avoir jamais rien vécu nous souffrons
De n'avoir jamais eu ce que nous n'avons jamais
eu à perdre
À la manière des hommes libres
Personne ne peut voir les kilomètres de poule
Sans frissonner d'une angoisse très antique
Nous sommes les kilomètres crucifiés
Personne pour contempler notre calvaire
Des kilomètres de poule vous sont donnés à voir
Mais vous passez devant sans yeux et vous allez à
table.
Ce que les hommes font aux autres poules qui en
portera la nouvelle dans le monde ?

– Les poules pensent aussi.
– Chez les Juifs la poule ne souffre pas. Ma mère
ment et se croit.
– J'ai mal aux poules, dis-je. Ma mère a mieux à
faire que d'écouter mon Chœur : il y a une émission
passionnante sur les Camps de Concentration.
Elle s'est retirée dans son programme et elle me
laisse à mon caquet.

Personne au monde ne sait couper et mettre un terme comme ma mère.

Qui l'a eu comme interlocutrice au téléphone en a fait – clac. Après le point pas de tiret. Jamais de points de suspension. Expulsion. Elle coupe le cordon. Pas tout de suite. Tant que le cordon bat, tant qu'il y a cette communication entre la mère et l'enfant, tant que le cordon *bat* on ne doit pas le couper.

Lorsqu'il ne bat plus tu le coupes à deux centimètres.

Maintenant elle crételle. Tu crételles, dis-je. Crételle ? Elle cherche le mot étranger dans le dictionnaire et ne le trouve pas. Ainsi les poules ne crétellent même plus ?

L'éleveur plonge les mains par le portillon d'une cage et ramène deux poules dans chaque main. Il tient les quatre poules comme des poireaux. Tête en bas. Il les tient par les épaules des ailes. Les poules hurlent, car elles sont vraies. Elles s'efforcent de se débattre. Elles n'ont aucune illusion. L'instant suivant l'éleveur fourre les poules dans un clapier, bec rogné. Destination : finale. L'éleveur n'est pas le moins du monde indisposé par les hurlements des poules. Dans ce film on ne voit pas l'éleveur de l'éleveur. Mais il y en a sûrement un qui plonge les mains dans les ténèbres humaines et agrippe des poules humaines par les épaules des ailes.

Une poule peut mourir sans avoir jamais pu jouer une seule fois des ailes créées par Dieu.

J'ai mangé. Je n'ai sauvé personne. Sauf un chat pour un million d'abandonnés. On ne peut pourtant pas ne pas vivre, dit ma mère. Vivre abandonner tuer ne pas regarder délaisser.

Fuir, dit mon frère.

Où ? Comment ? On peut tout fuir, famille, enfant. Sœur frère maman Omi moi. Cela demande un courage. Le courage de lâcher je ne l'ai jamais eu dit mon frère.

J'ébroue des fuites. Le courage, pensai-je, n'est pas dans le courage de fuir. Il est dans le courage de se regarder fuir. Et le plus grand de tous les courages ? Je ne l'ai jamais eu. Comment en parler ?

DU JOUR AU LENDEMAIN JE CESSAI D'ÉCRIRE et
je commençai une vie de mongolien. J'abandonnai
l'idée de Ville et l'idée de recherche scientifique,
l'idée de rues grouillantes d'êtres humains ordi-
naires, l'idée de nombre et de norme, j'abandonnai.
L'idée d'aller de l'école à l'Université et toutes ces
idées de cercles et sociétés, je les laissai tomber d'un
instant à l'autre et je partis dans la direction inverse,
suivant l'indication du mongolien. Je fermai les
magasins, j'annulai les abonnements de mode et les
engagements de politique et j'allai vers la forêt.
J'entrai dans une vie à laquelle je n'avais jamais
pensé. En tout je suivis la direction que m'intimait le
niais. Je m'accordai à l'abandon, je me pliai à l'autorité infinie de l'infinie impuissance. Du jour au lendemain je me convertis à l'extraordinaire. Jusque-là,
partant des hauteurs les plus extérieures d'Alger
j'avais toujours pris la direction du centre de la Ville
et pour la Ville je visais naturellement la capitale. Je

tournai les talons en vingt-quatre heures – dès que j'eus parcouru l'article *Mongolisme* dans le manuel Pédiatrie et Maternité – et je suivis les flèches du destin. Passant instantanément dans l'enclos des êtres autrement humains. Demi-tour. Jamais plus nous ne reviendrons dans les Villes. La vie pivote. Première leçon. La réalité est un théâtre. Et moi je suis un personnage qui croyais être une jeune femme. Subitement j'ai fait la rencontre de la fatalité. Le monde est un été grec et moqueur. On marche en se croyant sur une route. Erreur. La route gouffre. Coupure. Le gouffre s'ouvre. Demi-tour. L'ironie tragique est sortie des pièces de Shakespeare et elle a jeté sa nasse gluante sur moi. Au milieu de ma chambre, une trappe. L'étonnement plus grand que l'horreur. Tout est à reconsidérer. Le sort nous réserve des guerres et elles éclatent sans déclaration, folles, au moment où il n'y a ni signe ni raison. Ah maintenant je comprends tous les mots que je croyais réservés aux nobles de la tragédie, hasard, destin, événements qui ne prêtent pas à rire, mystérieux desseins d'auteurs bien cachés, flèches qui transpercent le pied pendant l'insignifiance d'une promenade, c'est pour le peuple aussi, c'est pour moi qui suis toi, moi qui suis renversée par un char noir aux chevaux enragés sur le pas de la porte d'une maison louée. On est trouvé. Où que l'on soit, j'étais en train de faire du café, j'épluchais des carottes je

crois, ou peut-être dans la salle de bains je lavais
ordinaire des culottes de ma fille. Présage ? Aucun
présage. Le crépuscule du matin, la levée du vent
dans les branches du chêne, pas de coup de tonnerre.
Tambour ? Non. Les boueux. Rien de particulier.
Aucun pressentiment. Et c'est alors. Arrive quelque
chose, ce n'est pas rien, c'est un décret. La lettre dit :
demi-tour. Et véritablement ici commence une vie
en sens contraire, toute une vie. Tout d'un coup tout
ce que je n'aurais jamais fait, je l'ai fait. Jusqu'à présent j'avais décidé de parcourir les différents continents. J'arrêtai mon périple au seuil de l'expédition,
je cessai d'être nomade et je dressai la maison du
mongolien. Nous aussi nous vivrons dorénavant en
compagnie des animaux affectueux.

Je me préparai pour le siège. Nous sommes
attaqués : l'ennemi est l'un de nous, l'ennemi est la
faiblesse et la fragilité du plus petit, la paix du plus
paisible d'entre nous l'ennemi est dans nos bras sur
nos genoux, aussi tranchant que mou.

J'ourdis une intrigue de l'intérieur, j'inventai des
immunités concernant notre propre progéniture.
Nous allions vivre sur trois pattes d'une part, d'autre
part je multiplierai notre population, dans le
nombre on n'arrivera plus à discerner l'impair. Nous
nous allions en ligue autour de lui. C'est pour le pro-
tégeant de tout nous protéger de lui ou bien inversement. Tout ce que je pensais se pouvait lire en deux

sens intimement liés par une résistance qui jamais ne voulut dire son nom. Même aujourd'hui je rejette le mot d'hostilité c'était bien plus compliqué celle qui nous unissait c'était l'antique obligation, le consentement empressé, les bras pris de tremblements serrent l'enfant incertain et glissant un peu trop pas assez et dedans coule notre sang par balbutiements et lapsus, ce qui faisait maison c'était l'obéissance à Désignation l'envoyée des distributeurs de destins que je n'appelai pas Dieu cette saison-là. Je décidai d'accroître nos corps sans perdre un instant, soucieuse du nombre et de l'harmonie du troupeau, je diluerai l'agneau sans nez à la laine râpeuse dans un bain d'agneaux bruns bien bêlants et musclés. Plus il y aura d'enfants tourbillonnants moins il sera l'attirant le fascinant. Je prévoyais l'irradiation. Contre l'éclat irrésistible du mongolien nous allions aligner toute une infanterie. Dans les mois qui suivirent je lançai une grossesse en contre-attaque, sans m'affaiblir à y penser. Je parai. Je dressai. Nous élevons la maison pour nous y enfermer autour de lui. Nous adoptons sa description. C'est une langue. Nous nous mettons à ses saccades, elle se jappe, elle se claudique, elle a ses froissements, ses frottements ses freins. Nous aussi nous aimerons la musique. J'entrai dans une adoption méthodique. La peau du mongolien, grenue gauche gênée, je l'enfile je passe sur mon âme tout le costume.

– Il n'a jamais eu de dents, dis-je.

– Juste « avant » dit ma mère il a eu deux dents.
Soudain ces deux dents me manquent. Me remordent soudain dedans le cœur.

D'un jour à l'autre je fis conversion, et j'adoptai la *fameuse ligne du mongolien* celle que je n'avais pas remarquée tout de suite, le signe de reconnaissance caché dans la paume de la main. C'était un alignement mais sur le non-aligné. À l'âge de vingt-deux ans je venais de découvrir l'autre monde du monde, et d'un seul coup. Personne ne nous avait avertis. Ma mère non plus la sage-femme allemande à Alger personne ne lui avait parlé des autres êtres humains quand même jusqu'alors nous, la famille, nous avions su que les autres humains quand même c'étaient les Juifs c'est-à-dire nous, c'était nous notre famille qui d'une part se repliait et se multipliait pour résister à sa propre étrangeté, c'était notre propre maison assiégée qui finissait par craquer et céder et du jour au lendemain, ma mère abandonnait la direction de Berlin et tournant le dos au nord allait en sens inverse, suivant l'indication de l'infinie impuissance qui contient lorsqu'on la retourne en sens contraire une infinie puissance. C'est ainsi qu'elle arrivait au Sud et aussi loin du centre et de l'origine qu'elle avait pu l'effectuer, tandis que par ailleurs tous les autres membres de la famille autre s'en allaient aussi au plus loin de la Ville la plus Ville jusqu'aux portes les plus périphériques de la planète.

Or à notre grande surprise voilà que nous étions débordés sur notre flanc par un peuple dont nous avions tout ignoré, et peut-être qui sait un peuple encore plus ancien et plus anciennement banni et nié que le nôtre mais qui n'avait pas alors d'historien. J'étais troublée, je sentis ma faiblesse philosophique, j'entrai dans des incertitudes concernant surtout les définitions les limites les frontières les barrières les espèces les genres les classifications, d'un côté n'étais-je pas née mongolienne ayant donné naissance à un mongolien, et donc née de sa naissance, mais d'un autre côté pensai-je la nature n'étant pas finie et définie mais non fermée, percée de trous par hasard tout ne pourrait-il pas nous arriver et nous être, dieu, un animal, ou l'immortalité, en passant par un de ces trous inconnus ?

Comment cacher ce nouveau nez ?

Le mongolien cristallise l'attention dit mon frère le pédiatre. Au supermarché le mongolien avec sa mère, pour la ménagère en courses ce jour-là c'est un plus. Elle achète de l'huile en promotion. Et en plus elle a vu un mongolien qui suivait sa mère entre les étalages.

On ne peut pas le dissimuler derrière les doigts d'une main.

Heureusement dit mon frère il n'y en a plus. En quatre ans d'hôpital je n'en ai pas vu un seul. Quand j'étais en voyage en Israël dit ma mère j'en ai vu toute une troupe qu'ils avaient amenée à la piscine. Ils nageaient très bien étant d'une grande souplesse. Le mongolien pour la fille de treize ans en voyage en Angleterre, le mongolien à table est une source de dérangement des pensées. On ne le quitte pas des yeux pendant le repas dans la mesure où on peut ne pas le quitter des yeux car les aînés du mongolien exercent sur la fillette en visite une chasse muette mais féroce, avec des regards durs ils survolent la scène font des piqués et reprennent de la hauteur ce qui n'empêche pas la fillette d'être attirée par l'énorme vitalité désordonnée de l'indéfinissable à table. L'être mongolien est comme une marionnette gauche, il met les mains à plat sur les assiettes il projette sur la table des regards mal taillés, il commande et désagrège toute la commensalité, il provoque la curiosité qu'il interdit. C'est là que la visiteuse constate sa puissance. Celui qui la repousse l'attire malgré elle malgré lui, elle est projetée de la sympathie à l'antipathie par de brusques saccades. Siégeant sur un balcon invisible au-dessus de la tablée la famille parentale fait peser sur toute la visite le silence de sa loi mongolienne.

De nos jours on les détecte et on les interrompt dans l'œuf.

Bientôt il n'y en aura plus jamais, dit mon frère. Sauf exception.

Plus tard on ne saura plus ce qu'il nous apportait en nous ôtant ce qu'il nous donnait en nous déportant ce qu'il nous causait, quel dommage, quelle mutation, quelle brûlure quelle émotion.

— Est-ce qu'il est conscient qu'il ne sait pas écrire ? se demandait ma mère.

Être conscient, encore une question. Et plus forte encore : être conscient de ne pas savoir. Mais n'y a-t-il pas aussi d'autres savoirs et d'autres consciences et d'autres sciences, me demandait le niais ? Est-ce que je savais, moi ?

Ce qu'il y a de plus précieux au monde pour moi en cet instant, l'être qui le sentsait comme s'il était moi autrement c'est la chatte : elle ne s'assied pas sur mes genoux, ni sur mon lit, ni sur un tas de livres, entre toutes ses possibilités de plaisir, elle choisit, s'asseyant ici même sur cette page, à laquelle elle s'ajuste, à la place de l'écriture. Nous sommes d'accord sur la place.

À la place de l'écriture : *mon fils, le commandant fantôme de l'écriture.* L'écriture fantôme de mon fils

116

le mongolien. Je lui donnai la place de l'écriture. Le blanc sans frontières, l'inqualifié, l'inqualifiable.

Je suis toujours à sa page. Toujours sur sa mystérieuse Culture. Il est arrivé. Pas le messie. L'autre messie, le bizarre, le douteux, le faible, le provocateur, le gentil congénital. Il ne fait rien, et tout chancelle.

Mais avant lui, présage que je ne déchiffrai qu'après coup, il y avait eu Omi notre grand-mère. La blessure, le commencement le premier chien à trois pattes, le premier chat de travers, ce fut Omi, qui ne tenait jamais bien debout. C'est elle, la plus petite de la famille qui a ouvert la porte, elle tombait très souvent, elle aimait les valses de Strauss et le coucher du soleil, et à la fin de sa vie interminable et où elle séjourna sans le secours d'aucune illusion, la vie debout ne l'intéressait plus.

C'est alors que nous ne lui avons pas donné la mort. Mais heureusement pour elle pour nous l'enfant-grand-mère n'a pas découvert qu'il a été abandonné dans le pré.

Ma mère est toujours à sa radio, sa petite compagnie. Ou bien la radio est son idéal-de-chat, la toujours-là le ronron qui ne fait pas défaut et surtout qui lui verse des paroles inépuisables et renouvelées. Ce n'est pas que je voulais lui offrir une radio, c'est que j'ai compris qu'elle me demandait l'objet sur lequel on peut toujours compter. Donne et tais-toi. La radio, dernière amie d'Omi, dernière compagnie des personnes qui ne marchent plus aussi vite que les adultes.

Cette nuit dit ma mère c'était sur les gladiateurs. Ensuite c'était les Voyages de Derrida.

OMI, GEORGES, ILS N'ONT PAS CESSÉ DE M'ATTAQUER et moi de me défendre, m'en plaindrai-je ? À cause de leur violente faiblesse je n'ai jamais cessé d'écrire et ne pas écrire, récrire et cesser d'écrire mais toujours en rapport avec le nécessaire écrire, et ce fut toujours pour résister à leurs invasions et leurs intempéries.

La dernière fois, je l'ai notée. Le rêve du 9-1-98. Nous étions dans la petite salle de séjour et Omi laissa entrer la caravane suivante : une petite charrette, une femme enceinte, une vieille, plein d'enfants, sur la charrette des ballots et un gros chien, sans compter le reste. C'est le chien qui déclencha ma réaction un grand chien-loup entier. Je me précipitai : Dehors ! Il y a le chat ici. Omi avait ouvert par instinct ancien. On voit arriver une mauresque enceinte, on ouvre, c'est pour la sage-femme. Mais tout ça est du passé. Il y a vingt ans que

La Clinique n'existe plus. En fait ces personnes s'étaient présentées au portail afin d'être hébergées. Elles nous expliquaient leur malheur. On leur avait donné une heure pour partir. Dans pareil cas, je prends mes cahiers et le chat. Ou bien le chat et mes cahiers. Elles avaient emporté femmes enfants et les animaux qui suivent. Et elles tentaient leur chance dans le quartier. Qui vous a foutues dehors ? demande ma mère. L'homme. Mais dans l'urgence : le chien, dehors dis-je. Tant pis. Un chien grand et gros comme un tronc. Tant pis, s'il part tant pis. Je l'amenai vers le portail. En chemin il y avait un autre chien qui rongeait de grands os dans le jardin. Je ramassai non sans dégoût ossements, côtelettes accompagnées d'une tête de mouton noir. Et je mène les chiens dehors. Le mouton noir aussi. Dehors. Ils resteraient au portail ou pas. Mais pas question de les garder dans la maison. Je vis des grappes de petits nus gambader dans la rue. C'était le Clos-Salembier. Je rentrai, suivie d'une poignée de gosses. Il faudra dresser tout ce monde. J'envisageai. Les nourrir on pourrait pour quelques jours, par grandes tablées. L'argent n'est rien. C'est surtout l'écriture et le chat qui sont menacés. Que vais-je faire de tous ces gens à trois pattes ? Des garçons chahutaient. La femme prostrée. Un bébé posé sur la haie épaisse de roses emmêlées. Les choses s'annoncent bien difficiles. Tout cela parce que Omi a ouvert le portail par erreur. Une petite invasion, et c'est la trahison. Alors non seulement je vais sacrifier tout ce qui m'est cher aux premiers réfugiés qui frappent, mais en plus il y a la foule de tous ceux que je me refuse absolument à accueillir, dont je ne veux pas qu'on me parle, et qui commencent déjà à crier à l'injustice et à la détresse, je suis donc obligée de me durcir, je mets le gros chien dehors qui ne m'a fait aucun mal mais mon chat ne veut pas, mon jardin est plein d'une troupe de moutons noirs, je passe devant les condamnés comme si je les avais jugés, comme le jeune médecin dans le service passe devant le lit du garçon que le noir sarcome rocheux écrase dans ses mâchoires sans plus jamais le regarder, on ne peut pas regarder ceux que l'on ne sauve pas, on doit tourner la tête, parce que dès que l'on a vu les yeux des résignés, c'en est fait, la porte est ouverte, on est attaché. En vérité on ne peut pas tuer ce qu'on voit. On ne peut pas se voir, on ne peut pas être vu, refuser. Si j'avais été au portail au lieu d'Omi j'aurais d'abord demandé ce que voulaient ces gens, je n'aurais pas ouvert avant de demander. Mais j'étais en train d'écrire là-haut dans mon abri, et Omi n'a pas voulu me déranger. C'est arrivé. Je ne m'en plaindrai pas.

Omi a beaucoup changé. Autrefois elle était rude offensive, elle trépignait du pied dans la cuisine pour chasser la quémande, elle criait en allemand, *solch ein Kukuck nochmal !* elle levait la louche, le balai peut-être, et l'abattait sur chat, chien, enfants béants morve au nez, soldat zélé galvanisé, on la craignait, qui aurait supporté sans cligner et fuir les feux de ses yeux bleus. Même les rats se taillaient. Maintenant tout le contraire, comme si elle s'était remplacée, ce qu'elle repoussait elle l'accueille, envoûtée, désarmée, taper du pied jamais, elle ouvre le portail, elle donne les clés, elle repose le balai. Je n'aime pas ça.

— À ton âge, m'écrié-je, tu ne dois rien faire sans me consulter ! Mais quel âge ? Arrivée à une certaine étape sur le chemin, on ne sait plus, va-t'en plus loin, plus fort plus en dehors, c'est ailleurs c'est égal.

J'aurais dû me taire. Vais-je gronder ma grand-mère pour ses nouveautés ? Nouvelle étourderie, nouvelle patience, nouvelle légèreté, nouvelle souplesse. Autrefois elle ne faisait jamais assez à manger pour les hôtes pensais-je, j'en souffrais, maintenant, c'est trop, à peine a-t-elle fini de confectionner un plat qu'elle s'attelle à un autre gâteau. Avec cela, elle est de plus en plus petite. Elle a maintenant la taille d'une fillette de dix ans. Comme ça jusqu'où ? Autrefois elle vidait les poulets qui hier encore couraient dans le poulailler, d'une main sans mémoire et sans communication. Quoi de commun entre Omi et le poulet ? De la vie à la cocotte, prestement, l'âme est sur le lit dans la chambre, elle ne descend pas à la cuisine. Et maintenant docile qui se laisse déplumer ?

Je ferais mieux de remonter dans mes souvenirs jusqu'à Alger et de là jusqu'au Clos-Salembier. Nous sortions de la maison le plus souvent assaillie, la main dans la main pour aller à la bibliothèque municipale on doit traverser le terrain vague encerclé de fils de fer barbelés, la main dans la main, deux valent mieux qu'une, ce qu'Omi nommait : « nous-deux-petites-filles » sans que l'on puisse décider qui était la protectrice de l'autre, elle et moi la même taille de douze ans, et le même désir plus fort que la crainte de recevoir un jour des pierres un jour des quolibets. Je ferais mieux de ne pas oublier notre enfance menacée.

LE MONGOLIEN VOILÀ LE PIÈGE : c'est l'enfant le plus fort le plus faible donc le plus fort, le mongolien ne voit pas le danger, on tourne la tête, il est mort, un enfant qui bascule, on doit veiller à le sauver, non seulement on vit en sursaut mais en sus on est à se prendre en défaut dix fois par jour, c'est trop d'innocence dans la maison, dès que je vois quelqu'un de cher lui ressembler je me méfie, je me hérisse, une personne qui vieillit sans méchanceté, alerte, attention, cette gentillesse je la connais, ce sourire sans aucune arrière-pensée, ce manque total de ruse : ruse suprême. Dès que j'aperçois sur un visage familier, surtout le visage de ma mère, ce flou léger, le dessin qui se défait, l'inattention surtout, cette baisse de la garde surtout, cette façon étourdie qu'elle a eu plusieurs fois ces derniers temps d'échapper à ma surveillance, comme ce matin de février où nous faisions une excursion au bord d'un lac à l'Est de la Tunisie et d'un instant à l'autre je la vois pliée en deux sous l'eau jaunasse, je crie, je bondis, elle va bien, bon, je la redresse, elle dit qu'elle voulait attraper des choses dans le fond, mais tu ne vois pas que cette eau est totalement polluée, pleine de déchets tu vas attraper une maladie mortelle de plus elle est trempée sale les cheveux collés sur la tête, une tête à plaisanterie, les dents de travers, un pouce plus court, comme si elle imitait le petit clown, comme si le modèle du clown avait été à l'origine un mongolien, toujours à la renverse, oublieux de la mort parce qu'il aime la vie si fort.

Je l'ai constaté dans notre famille les femmes redeviennent des mongoliens en vieillissant, c'est ce qui fait leur séduction, c'est ce qui fait mon souci : chaque été j'ai l'impression de voir ma mère entrer lentement un peu plus dans l'excessive gentillesse que je connais, il est certain qu'elle est de plus en plus gentille, et certains jours elle demeure dans cet état oblique un peu à côté de l'état de veille jusque vers dix heures du matin, les yeux qu'elle divague sur moi un peu plissés.

Me voilà hérissée. « Ça non ! » comme elle dirait. Me voilà ébouriffée, drue, en garde, je crachotte, je menace, je vais jusqu'à crisser, jusqu'à crier d'un ton rauque « Maman ! Reviens ! » Je la morigène. Je l'agrippe : « Reste ici ! » dis-je, et j'indique d'un doigt autoritaire le pied de la terre. Elle va encore se noyer devant moi ! Elle se précipite, et paradoxalement elle va vers un ralentissement, c'est cela, en avant, de plus en plus vite à ralentir, je sais bien où cela mène ce chemin-là et qui cela imite, cette allure aussi, cette incoordination je ne m'y résous pas. Si j'acceptais, c'en serait fait, elle serait acceptée dans ce nouvel état, elle s'imposerait à moi, et je la traiterais avec les égards dus à un enfant ratatiné, je l'aurais donc finalement laissé passer de l'autre côté, alors adieu, elle serait ma grand-mère rétrécie, mon bébé boiteux, je ne me ferais d'ailleurs plus de souci le combat étant terminé, perdugagné, je ne serais pas là à la secouer et la houspiller à lui donner des ordres fouets, à lui hurler aux oreilles qu'elle a une propension perverse à boucher, pour qu'elle ne s'installe pas chez les lents, mais peut-être je la contrarie j'affirme qu'il faut me préférer alors qu'elle n'a peut-être qu'une envie c'est d'arrêter d'être encore grande présente raisonnable, elle a envie de dérailler, de dire des bêtises sinon pourquoi a-t-elle cet air hagard et niais jusqu'à dix heures du matin cet air paresseux et traînard, ce n'est pas du tout elle ça, je suis irritée, j'ai déjà connu cela, me voilà hors de moi ou alors elle est sourde mais si elle l'est qu'elle le dise ! Mais à dix heures du matin, le voile se lève, ses yeux reprennent une rondeur familière, finie la hantise le mongolien repart doucement dans mes limbes, voilà Ève ! ma mère même, elle court au marché.

Cet avenir de mongolien qui avait fondu sur nous je n'avais qu'à lire le Bulletin des Papillons Blancs, Association des parents d'enfants mongoliens, et nous connaissions l'avenir. Je n'avais que vingt-deux ans quand éclata la Révolution mongolienne. Pour les parents le mongolien est Professeur de renversement.

Avec le mongolien tout est d'abord chance et par la suite tout le contraire tout est prévisible.

Le vrai-mongolien dit ma mère ils ont ici la nuque complètement plate cela fait un avec le cou.

Pourquoi il a cet air de Chinois, ça je ne comprends pas dit ma mère, cet air de Chinois donc de pas juif, mais pas goy non plus. C'est mon petit-fils dit-elle, et elle prend dans son livre intérieur l'enfant au clin d'œil. Il faut s'habituer à l'innocence de ce clin d'œil inné, comme il nous regarde sous le signe de l'ironie, avec la douceur de celui qui ne connaît pas le mal du bien. Il peut nager dit ma mère retardé mais très costaud. Sauf Georges qui sans doute n'allait pas nager à cause de son cœur mal fermé. L'enfant très affectueux aime les caresses. Finalement le mongolien est sans surprise une fois la grande surprise passée. J'endossai le costume mental des Papillons Blancs. Je devins parent affiliée à l'Association. J'écris à l'Association. Pourquoi papillon et pourquoi blanc j'ai une grande curiosité. La réponse n'arrive pas. Quelque chose de blanc reste. On sait tout le reste. Sauf la date exacte de la mort mais la mort du mongolien arrivera à Georges comme aux siens, ceux de la famille des papillons blancs, plus tôt que la mort moyenne de l'être humain. L'être mongolien mûrit autrement très lentement très vite vers la mort. La mort dans la tête des parents comme le papillon blanc. Association de Papillons. Au loin la Société. Association de non-Papillons.

Je venais juste d'acheter l'*Encyclopaedia Britannica* à crédit j'avais commandé le *Larousse* du XIXe siècle à crédit. J'avais écrit les premiers chapitres de ma thèse de doctorat lorsque du jour au lendemain je fus mutée par une mutation chromosomique dont je n'avais jamais entendu parler, je me relevai de couches papillon et ce n'était pas une métaphore. La séparation avait eu lieu en un clin d'œil. Toute ma vie de mongolien je la passai sans aucun compromis avec ma vie passée, séparée de celle que j'avais été et qui m'était devenue à jamais inaccessible. J'avais renoncé à l'écriture une autre espèce de papillon.

Changement de pays mais sur place. D'ailleurs n'avais-je pas été prévenue par un livre ? Je me souviens d'avoir rejeté l'Ecclésiaste pas plus tard que le printemps dernier lorsque je l'avais rencontré sur mon chemin dans le jardin. Dès que je l'ai lu je l'ai appelé fou, criminel, roi aussi ou chef d'État. Avec lui dans les parages, je dors d'un œil, le chef au masque de démon souriant. Tout ce qu'il dit est bel et bon mais j'ai bien vu les deux serpents qui somnolent par terre, le très grand et le plus petit, leurs corps de ver gris acier mince et visqueux, d'un côté le soleil de l'autre une telle mélancolie, un homme amer fatigué décourageant. Rien qu'à le feuilleter j'ai deviné : il y a deux possibilités ; ou bien le chef déclenche un massacre et c'est la fin du monde ou bien voyant que nous sommes prêts pour la riposte il rentre dans sa coquille et l'affaire s'arrête là. Je me disais, mon fils arrive (j'étais enceinte de six mois) il sera un bon allié. Déjà j'étais toujours sur le qui-vive. Une fois j'attrape un bâton pas bien grand et je l'abats de toutes mes forces sur le petit serpent. Malheureusement sans le tuer. La bête fait des nœuds, se divise, m'échappe je vais jusqu'à essayer de le piétiner, c'est raté. Le chef me regarde me démener avec un air ironique. Quand mon fils sera né, pensais-je, je reprendrai la lutte, nous nous attaquerons au grand serpent. Maintenant je voyais l'Ecclésiaste incliner son masque sur le berceau où râle rapidement mon allié niais. Qu'il ne m'ait pas encore tuée l'Ecclésiaste, c'est peut-être le signe qu'il me croit trépassée ? Ou il a renoncé à son monstrueux projet ?

LA CLINIQUE

– « La Clinique » dit ma mère, tous nous disons
La Clinique comme si nous disions : le Port.
D'autres fois c'est : le Temple. Le Château. La
Divine Comédie. Le Grand Portail et au milieu le
fleuve, ma mère à la perche dans la barque et tantôt
l'Enfer tantôt le Paradis. C'était la seule Clinique à
Alger où il n'y avait pas de cafards, pour la bonne
raison dit ma mère que-cha-que-fois-qu'-une-
chambre-se-vi-dait je fumigeais avec un produit allemand. C'est une petite boîte, on met sur une brique,
on allume on ferme tout. Et les cafards étaient a-né-
antis. Alors qu'ailleurs dans toute la Ville partout ça
grouillait. On ferme la porte et ça y était. Un produit
allemand, naturellement. Ce produit après a disparu. Après c'était interdit. Je ne sais pas pourquoi.
Ça tuait toutes les bêtes.

Autrefois du temps de mon père c'était un chemin de cantique que nous faisions depuis les hortensias et les palmiers de la maison pieds nus l'aube vive fraîche aiguë aux épaules un chemin descendant d'une extase à l'autre vers Belcourt en traversant le Petit Bois qui nous rendait sacrés foulant la terre rouge et les aiguilles de pin, où les sentinelles (nom donné par mon père aux excréments humains) aux formes de gâteaux poudrés de mouches séchaient au bord des fourrés et qui au bout d'une heure où nous nous devenions de plus en plus aimants et attachés mon frère et moi nous déposait devant : le Musée. Peu importe ce qu'il contenait. Il était le noble aboutissement.

Maintenant les chemins menaient à La Clinique. Les bruits de seaux les pas des parturientes dans le couloir les cris les appels au secours les efforts pour surmonter le sort d'être une femme dans cette Ville, toutes ces femmes qui gravissaient lentement en poussant des soupirs, les traits tirés inquiètes se demandant comment Dieu y pourvoirait seraient-elles épargnées ou exécutées. Sitôt sur la montagne le combat s'engageait. On allait au dénouement. La Clinique du dénouement. À la femme ce qu'il fallait pour être sauvée c'était un enfant et mieux un fils. Un fils qui réponde de la femme devant le mari. Le mari rare, caché, craint. L'enfant un devoir une copie, une dette. L'enfant pour le mari. Tous ces enfants qui sont des morceaux de mari, remis au mari, ces enfants dus, ces jetons, on comptait sur eux pour s'en tirer. Seul le petit mongolien est gratuit. D'un côté tous ces nouveau-nés lourdement chargés, tous ces rejetons qui entraient dans les calculs des familles, ces enfants faits pour sauver leur mère de l'opprobre, frippés trophées sur lesquels la femme compte pour obtenir l'indulgence ou la vie. De l'autre l'enfant pour rien, le mongolien.

Le Personnel s'attache tout de suite au pensionnaire qui ne rapporte rien. Un véritable enfant, ni promesse ni menace, sur lequel tout le monde peut exercer le droit d'amour. Jeton sorti du jeu.

– Cette pauvre Zohra dit ma mère, une bonne cuisinière. Une femme jetée dehors. Il fallait qu'elle travaille pour la femme de son mari qui l'avait répudiée parce qu'elle n'a pas d'enfant. Il était motard de police et quand il a été en taule les autres motards l'ont obligée à travailler pour lui. Elle passe une heure à lui faire manger les carottes après le travail. Il y avait Mlle Tirailleur une grande gueule dont le grand-père avait été dans les tirailleurs algériens, dit ma mère, brutale comme tout, un jour je la vois crier sur une femme qui a des douleurs : « tais-toi sale race ! » « Mais, dis-je, c'est la même race que la vôtre ! » Un jour je la surprends dans mon bureau. Et qu'est-ce que je vois ? Qui joue avec la petite mascotte ? Je ne l'ai pas reconnue. Une horrible femme, et la voilà en train de rigoler avec Georges, *même Mlle Tirailleur il l'a attachée*. Ne demandant rien sauf : aimez. Pas : aidez. Le mot juste à côté : aimez l'autre race que la vôtre, la même race autre.

À La Clinique on entre pour en sortir avec un enfant comme dans un moulin à enfants. On entre avec un ventre on sort avec un enfant, on se présente à l'examen, au guichet, au jury, à la douane au commissariat au tribunal, on passe on est collée, coupable, expulsée. Une sensation de barrière flotte devant la porte. L'essentiel c'est la sortie avec enfant. Certaines entrent sans ventre de sécurité, le ventre dangereusement inhabité, certaines avec ventre gros et rassurant, certaines avec ventre gras comme imitation de gros, certaines le ventre dégoûté, écœuré, occupé encore une fois c'est la dixième, dans le couloir les deux files d'angoisse se croisent, l'angoisse primipare et l'angoisse multipare et les deux angoisses opposées mais ce que les femmes viennent chercher en général dans le moulin à enfants, c'est l'enfant certifié, surtout le premier l'enfant coûte que coûte. Ensuite si Dieu veut une chose et son contraire c'est l'accumulation, et le déclin de la femme et de la famille par la suite de plus en plus d'enfants tout de suite le nécessaire tourne à la catastrophe, les enfants sont une belle fatalité, on est obligé d'en vouloir on ne peut pas leur échapper, alors la femme est obligée d'en vouloir à Dieu ou celui qui a fait ce moulin infernal obligatoire où il faut faire ce qui finalement s'avère être en peu de temps la ruine et le malheur de toute la famille comme si on se conformait de naissance au mystérieux décret de l'infortune, tous ces gens qui sont dans un état de dépendance désespérée tantôt à l'enfant qu'il faut absolument obtenir, le certifiant, tantôt à l'enfant qui arrive maintenant comme une vengeance et une calamité, avec toujours un enfant volant au-dessus des têtes de la famille dans une imminence insupportable. Toute sa vie la femme la passe dans cette persécution tantôt courant après le jeton tantôt fuyant et à tous les coups ne gagnant que pour s'endetter plus avant. Mais la plus angoissée toujours est celle qui n'a pas encore son certificat d'accouchement. Et là-dessus sur cette angoisse s'édifient les châteaux de l'État, la Sécurité Sociale, la Mairie, et pour en finir avec les innombrables intrigues, personnage essentiel dans la comédie d'Alger : le Commissaire de Police.

La Clinique était la seule qui fût inspirée par les fameux traits allemands propreté, organisation, hygiène, discipline, incorruptibilité. Dans toutes les autres Cliniques où il y a des cafards, il y a aussi toutes les coutumes et mœurs des sages-femmes non allemandes non mythiques. Pour les femmes d'un côté La Clinique est un havre pour la santé, de l'autre elles n'y trouvent pas tout ce que l'on voudrait souhaiter : toutes ces choses qui ne peuvent être dites ni avouées ni montrées et qui sont les sous-chapitres de l'épopée, ces trucs timides ces stratagèmes et déguisements désespérés sans lesquels il n'y aurait pas de théâtre et pas de littérature. Ici on entre chez la Science et sa filleule ma mère.

– Moi je n'ai jamais eu une femme morte, dit ma mère. Mais chez les autres, il y a de tout. Les femmes sont menacées des deux côtés. D'une part le mari qui attend dans le couloir. D'autre part la sage-femme qui tire profit de la victime à toutes les étapes du parcours. D'un côté il y a les fausses sages-femmes, les auto-intitulées sages-femmes qui ont fait des études invisibles les sages-femmes à diplôme mis-à-l'abri dans un coffre-fort en France pour que personne au monde ne puisse jamais le voler, il y a la sage-femme formée dans la salle d'attente d'un médecin, la sage-femme formée comme cuisinière une autre est l'aide-soignante, toutes des sages-femmes qui n'ont peur de rien, les enfants morts-nés ça ne leur fait pas peur ; de l'autre côté il y a les sages-femmes qui ayant été formées à l'hôpital et diplômées à diplôme non-mis-à-l'abri ont quand même peur de tout, elles ne se rendent jamais compte avec certitude si une femme est enceinte pour de bon ou pour de rire, d'un autre côté il y a le groupe des fausses vraies sages-femmes qui ne vérifient pas et vous croient sur parole, si une femme dit être enceinte-sur-parole, elle est enceinte-sur-parole, si elle a accouché chez elle sur parole n'ayant pas eu le temps d'arriver à la clinique, l'accouchement ayant dépassé en rapidité toutes les prévisions, elle a accouché sur parole. Et l'enfant ? L'enfant ? Malheureusement il n'a pas eu le temps de vivre. Tout de suite il est mort. Et le corps ? Le corps ? Il s'est enterré, où ? à Baïnem, où on les enterre. L'enfant mort sur parole. Tout aura existé disparu sur parole. Sauf le certificat d'accouchement. Le certificat, c'est la loi et c'est l'argent. Les divers sentiments qui s'agitent en cachette pendant ces scènes demanderaient une analyse fine et complexe. Chaque personne se divise en plusieurs personnes les unes bonnes les autres mauvaises. Chaque spectre a son secret qu'il ne lui sera jamais donné de confier à une âme formée pour le regret et le malheur. La forêt de Baïnem exhale sous le vent et en vain des récits destinés à l'avortement. Une population de spectres dans les branches des pins. Personne n'écoute, il y en a tellement, les plaintes partagent le sort des sentinelles, nous passons à côté des héros ténus et ensablés, déchets des destinées furtives, les pieds nus protégés par une indifférence antique.

À La Clinique il n'y a pas de cachettes et pas de sentiments fendus et divisés en leur contraire. Tout est clair, lavé par terre et pas de cafards.

Le concierge de l'immeuble n'a pas de cadavre à se mettre sous la dent. Il se ronge. Un cafard affamé.

Alger est une école d'acteurs et de grandes actrices modestes d'autant plus convaincantes que si on ne les croit pas il va leur arriver malheur.

Quel est donc cet ensemble de femmes impressionnantes qui s'avance sous le voile comme le gibier sous l'orage d'Alger, à quel malheur les rattacher à quelle anxiété ? Pour le danger la chasse n'est pas à court. Si seulement il y avait un annuaire des portes auxquelles frapper bonnes à détourner d'elles la mauvaise chance ! Le sang, le sang, le thème du sang scande leur vie venant ne venant pas signal du succès, de l'échec, prophète indomptable, ennemi et gardien de la femme dont il trahit régulièrement les songes et leur interprétation.

Dans ce pays on fait mentir le sang. On le fait remonter. On le fait parler, feindre, tourner en sens contraire, taire.

C'est l'histoire d'une personne aux abois dont les trois sœurs avaient accouché à La Clinique dit ma mère. Toutes des grosses femmes toutes mariées à des camionneurs. Une des sœurs la plus grosse dit ma mère une costaude et elle n'a pas d'enfant. Jusqu'au jour où elle était enceinte mais tous les mois elle saignait. C'était grâce à l'incompétence d'un médecin et d'une sage-femme. La femme corpulente. La sage-femme lui fait des certificats de grossesse. Pour les saignements le médecin fait des traitements conservateurs. Qu'elle n'aille pas perdre l'enfant-enfin. Dans cet état un jour elle arrive chez moi avec les certificats. Alors vous êtes enceinte dis-je dit ma mère. Non dit la femme, dit ma mère. J'accompagne une jeune fille enceinte pour l'accouchement. Étant jeune fille elle ne veut pas garder l'enfant. C'est moi qui le prends. Je paie l'accouchement, dit la femme corpulente. C'était grâce au camionneur, le mari étant absent sinon l'on n'aurait pas pu faire l'accouchement si facilement, qui n'était pas le sien dit ma mère. Et grâce aux deux incompétents elle a les certificats de grossesse. Vous me ferez le certificat d'accouchement je paierai dit la femme corpulente. Ça je dis non dit ma mère. Non ça vous n'avez pas accouché dit ma mère. Ne voulant pas jouer dans cette pièce. L'accouchement oui le papier non. Pour la femme c'est l'impasse. La jeune fille en train d'accoucher. La femme corpulente. La sage-femme compétente. La femme du camionneur aux abois. Que faire ? Alors dit ma mère aux abois j'ai une amie qui n'est pas aussi regardante que moi, j'emploie ces mots, amie, regardante, dit ma mère. Vous allez chez elle, dis-je. Vous dites que vous n'avez pas eu le temps d'arriver, dit ma mère. Elle écrit la pièce mais elle ne la signe pas, pensé-je. Cette sage-femme étant une fausse vraie dit ma mère elle ne va pas vérifier si l'accouchée n'a pas de lait si elle n'a pas de sang. Elle fera le certificat comme quoi.

– Mais encore aujourd'hui je ne sais pas si moi aussi je suis coupable, coupable de quoi dis-je, je ne sais pas dit ma mère, je cherche, dit ma mère, on ouvre la porte de La Clinique et il entre un drame qui te prend en otage dans une histoire dont il ne faudra jamais parler en personne, je dis à la femme du camionneur vous allez chez cette amie non regardante et vous ne lui dites pas la vérité qu'elle aurait pu lui dire mais à quoi bon, la fausse vraie n'étant pas regardante, alors la femme du camionneur joue la comédie et la sage-femme joue la comédie, toutes les deux se jouent la comédie, il n'y a pas de témoin, donc il n'y a pas de preuve, tandis que chez moi à La Clinique elle dit la vérité la femme, comment faire autrement et voilà ce que cela nous a coûté, tout le monde était aux abois maintenant, déjà on croyait entendre le bruit du camion qui revenait, et tout finirait comment, en l'absence de certitude, nous étions quand même dans la crainte, pour une affaire qui pendant neuf mois avait eu la chance de son côté. Pendant toute la grossesse par corpulence tout s'est bien passé, et là-dessus elle vient à La Clinique chez la sage-femme compétente pour l'accouchement. Où est le juste ? On aimerait le savoir. Pour la fausse grossesse la fausse sage-femme, mais pour l'accouchement la vraie. Avec moi il n'y aurait pas eu de vraie grossesse seulement la grossesse apparente. Là je la comprenais. Coupable de l'avoir envoyée dans l'autre clinique dit ma mère fâchée.

Si je ne me sentais pas coupable dit ma mère je me sentirais coupable. Et voilà ce qui nous arrive à La Clinique à cause de ces femmes impressionnantes à qui la peur du camionneur donnait un courage extraordinaire. Quand l'enfant est né elle voulait un garçon évidemment c'est une fille. Tant pis. Là-dessus la fille du courage et de la peur a une oreille totalement malformée. Elle n'a pas d'oreille dis-je à la mère, c'est-à-dire ma mère à la grosse femme. Là-dessus le médecin dit c'est mauvais signe elle risque d'avoir aussi des ennuis internes.

Tant pis dit la femme du camionneur, *c'est fait-c'est fait*, je ne peux pas faire marche arrière, et c'est tout ce que je sais de cette histoire dit ma mère.

Ce sont des secrets dit ma mère qui nous restent secrets à nous-mêmes encore aujourd'hui, secrets nés de La Clinique, du courage et de la peur, de la lutte pour répondre aux coups du sort, secrets engloutis dans la cale de La Clinique, à l'endroit où elle a coulé à pic au centre de la Ville d'Alger. Je n'aurais pas dû te la raconter dit ma mère. Mais je me sentirais coupable vis-à-vis de La Clinique si je ne racontais pas ce que je ne devrais pas raconter. J'ai déjà oublié des dizaines d'histoires, et plus personne pour se souvenir de toutes ces femmes qui se battaient dans ce lieu unique La Clinique à jamais abandonnée.

Tant pis si je suis coupable *c'est fait-c'est fait.*

Il faut imaginer les quatre grosses sœurs, les enfants les quatre camionneurs, dont l'un et l'une sans enfants, les routes brûlantes, les haltes sur les places ombragées, l'angoisse et le soulagement du quatrième camionneur il faut imaginer la jeune fille enceinte dont l'histoire ne sait rien, il faut imaginer ce que pense la femme que rien n'arrête sur la route secrète, elle fonce, le camion des quatre sœurs, un pneu crève, tant pis pas de marche arrière, ce n'est pas un garçon, ce n'est pas une fille, c'est une enfant quand même, en chair et en os. Dans le bureau elle regarde l'enfant-quand-même celui de ma mère. Un garçon un peu asiatique. Il était déjà un peu trop grand pour le retour du camionneur. Tant pis dit le chœur des femmes impressionnantes.

– Coupable de quoi ? dis-je.

– Je m'interroge dit ma mère. Coupable de lui avoir donné ce tuyau. D'aller chez une personne malhonnête, dit ma mère.

Et maintenant elle se sent coupable d'avoir dit ce mot malhonnête. Alors que jusqu'à présent elle avait dit « non regardante ».

– Je lui ai prêté mon concours. Moi je n'aurais pas fait un faux certificat. Elle a espéré que j'allais lui faire un faux certificat, l'espoir n'a pas beaucoup de bon sens. Mais je n'ai jamais fait des faux, conclut-elle incertaine.

Mais peut-être a-t-elle dit : mais je n'ai jamais fait défaut.

Coupable d'avoir fait défaut coupable de ne pas avoir fait des faux, coupable d'une pureté telle qu'elle se sent coupable donc l'est par défaut de faute.

– Il faut imaginer le va-et-vient, il y a tellement de femmes qui entrent et qui sortent, restent trois jours jouent leur sort, sortent et en trois jours plus aucune ne se ressemble, elles se ressemblent toutes, on ne les reconnaît déjà plus, elles entrent grosses mouillées de sueur glacées muettes ou le contraire, elles sortent vite encore grosses moins ou plus c'est selon et toutes un peu pataudes, certaines le pas plus léger auquel on reconnaît la chance, d'autres traînant le pied le verdict un peu accablant, je vois tellement de femmes défiler, quand on les voit couchées c'est une chose, quand on les voit debout ce n'est pas la même chose, moi je les oblige à revenir huit jours après, ça ne coûtera rien mais au moins je peux savoir si « elle » est en bon état, même si je ne sais pas toujours, n'étant pas physionomiste qui « elle » est, dit ma mère.

Si je suis coupable, je ne le sais pas. Selon moi nous sommes innocentes ensemble. Mais il y a un jugement qui cherche à percer un trou dans notre cœur par où insinuer son ver.

Toutes ces femmes qui sont accusées d'enfant, de non-enfant, d'enfant pas comme ceci pas comme cela, toutes ces coupables par définition, qui viennent plaider leur condamnation, s'emmêler la langue et les pieds, commettre au monde des fautes ou preuves dans l'espoir de déjouer le châtiment toutes ces embarrassées qui défilent dans le parloir où ma mère tantôt ferme les yeux tantôt ouvre les yeux et toutes nous sécrétons des ruses et des silences ça tisse sans cesse de modestes petites toiles pour tenter de camoufler les indices des crimes qu'elles n'ont pas commis, ô le bout de papier, je le connais aussi, le papier fatidique, tamponné, le visa pour un sursis, pour un acquittement provisoire à renouveler.

À La Clinique mon fils prenait tout son sens.

Toutes les clientes qui viennent accoucher et se réfugier et restent entre trois jours et cinq jours pendant lesquels elles cherchent une idée, elles ont juste ce temps d'infirmerie c'est-à-dire de tête-à-tête avec elles-mêmes avant de retourner « chez elles » où dans une pièce demeurent neuf personnes. Dès qu'elles entrent avec le bébé l'idée d'idée sort. Après tout accoucher a toujours été l'occasion d'accoucher aussi un peu de moi personnel. Rêve et ne le dis pas. Pour la femme La Clinique n'est pas sans avantage inavoué. Pendant deux ou trois jours elle se sent libre. Tout ce qu'elle avait été obligée d'exécuter de porter elle se sentait l'accomplir de sa propre initiative cet accouchement pendant deux ou trois jours c'était l'accomplissement de sa propre volonté, ce bébé pendant quelques jours c'est son idée.

– Pour les accouchements dit ma mère il y avait tout le Personnel, c'était la fiesta. Au moment de l'expulsion il y a la cuisinière la femme de ménage la mère une sœur ou deux. Le Chœur encourage la femme. La cuisinière laisse la cuisine tomber pendant l'expulsion. Le Personnel pousse. En avant. Le Personnel rit. Il lance des phrases rigolotes. La femme n'a pas le temps d'avoir mal. Le Personnel rit. Elle pousse aussi. Elle rit. Il pousse. Il y avait une femme dit ma mère, c'était d'ailleurs une juive, dit ma mère se donnant à elle-même l'autorisation d'utiliser le mot de juive qu'elle m'interdit farouchement de dire. Car ma mère prétend qu'il ne faut jamais dire le mot juif devant les étrangers. Quels étrangers dis-je. Toi, dit ma mère, tu parles devant les étrangers dit ma mère. Pour revenir dans la salle de travail où il n'y a toujours que les femmes, celle-ci disait : Moi je tombe toujours dans les pommes après l'accouchement. Et moi je disais dit ma mère, ici, à La Clinique on ne tombe pas dans les pommes. Alors pour l'expulsion le Personnel vient rigoler, il y a Zohra la cuisinière, Barta la femme de ménage, Maria la bossue, et la femme ne tombe pas dans les pommes.

Cette histoire se passait à l'imparfait car chaque fois que la femme revenait, elle ne tombait pas dans les pommes. C'était : le triomphe du Personnel.

– Pour finir toutes ces histoires il ne faut pas les raconter dit ma mère, ce sont des secrets. Elle dit cela à la cantonade comme on dit en français encore une des expressions qu'elle a adoptées en arrivant en Algérie. Tout son premier mouvement ayant toujours été d'adopter les expressions les plus étrangères, cependant que moi à la plage je ramassais des nacres et encore aujourd'hui qui sont les expressions les plus frottées patinées jusqu'à étinceler de la mer son or sans valeur.

Ce sont des secrets nacrés, on n'en connaît pas la valeur exacte, c'est selon, mais tous porteurs d'un risque de mort ou alors de prison.

Ensuite je raconte les secrets mais en secret, je ne le dis pas à ma mère, ce que je fais, ses secrets je les garde secrets pour elle mais pas pour le temps des temps. C'est ainsi en désobéissant à son injonction que j'obéis à son souci le plus secret. Pourquoi autrement me confierait-elle soigneusement tous les secrets avec la notice « à ne pas publier » si ce n'est pour attirer mon attention sur ses trésors les plus cachés et les plus dangereux. Elle vérifie que j'ai bien noté, elle me demande plusieurs fois si elle m'a raconté l'histoire de la grosse femme, je l'assure que c'est fait-c'est fait, elle n'en croit pas un mot tout affairée elle recommence, et à chaque récit s'ajoute en prime un infime détail. C'est un secret, c'est ce qu'elle me laisse. Elle me dit ne le répète pas. J'entends bien l'inflexion. Cela veut dire fais-le et ne me le dis pas. Donne-moi la mort sans me le dire. Trahis-moi trahis mes secrets. Tout ce que je te raconte c'est pour trahir. J'ai confié. Maintenant prends ta lance et brandis-la. *Deine Lanze* c'est ainsi qu'elle appelle mon stylo.

Avoir perdu corps et biens La Clinique le 31 janvier 1971 cela lui fait quand même mal au cœur. Le grand vaisseau a sombré en vingt-quatre heures elle a eu juste le temps de sauter dans un avion d'Air France en partance pour Madrid avec la valise, l'unique, la valise folle, la valise à secrets, celle que les fugitifs emportent, l'idiote, la confidente qui contient d'une part le reste des choses-restes, les débris à ne pas lâcher, d'autre part le spectre volumineux et totalement innombrable et indescriptible de tout ce que l'on a lâché perdu consenti au néant qui prend la place d'une vie. La valise-portrait et résumé. La Valise générique tous ceux qui se sont sauvés affolés connaissent sa force et son absurdité. Elle l'emporte, non, elle est emportée par elle, le dernier objet, le maillon à misères elle est tout notre bien et toute notre honte, La Valise l'emporte.

Cette valise ! un miroir, on voudrait le briser, on y tient ô le dernier berceau le cercueil à main.

– Avec une valise et pas deux à mon côté je n'avais qu'une valise à la maison une vieille valise tout ce qu'il y a de plus moche naturellement dans laquelle je n'ai mis que le plus nécessaire dit ma mère, les affaires de toilette une chemise de nuit naturellement une robe. D'autre part tout ce qui est précieux nous l'empilons à la hâte dans un grand carton qui n'arrive jamais, les descentes de lit les couvertures les tapis les affaires algériennes, les choses du pays perdu n'arrivent pas, chaque fois on prend la fuite en laissant un grand carton derrière soi, et c'est ainsi que la famille aura laissé un grand carton à Dresden, un grand carton à Budapest un grand carton à Osnabrück et maintenant c'était le tumulus d'Alger, aucun n'arrive, jusqu'à la fin on en rêve. Là-dessus une mince couche de terre, une herbe drue recouvre l'infime pyramide, vue d'en haut on distingue nettement la figure d'un aigle aux ailes déployées, ici dans cette rue a travaillé une tribu.

Reste la vieille valise La Moche elle-même res-
capée depuis Hitler elle nous suit comme un sort,
vide et pleine, vieille main donnée, la main que l'on
se donne à soi-même ridée râpeuse, et un peu
moisie. Quelque chose d'ancien et de muet dans son
air écorné nous retient de la jeter. Il est probable
qu'elle suivra les exils de la famille des cinquantaines
d'années encore et jusqu'à extinction, vieille chienne
éclopée reléguée sous nos cages d'escalier. C'est
comme pour le tissu du berceau de Georges un
moïse tapissé par ma mère un coton à petits carreaux
bleus et blancs. Le tissu survit. Aujourd'hui taillé en
petits rideaux coulissant aux ventaux du sous-sol.
Personne ne les connaît. Absurdité gaie il traverse les
siècles, vestige fossile auquel nul ne songe à toucher.
Un faible charme veille à son maintien. Infimes
voiles d'épavité. Largan mité du temps noyé.
    Du jour au lendemain La Clinique coule et il n'en
reste plus trace le 1er février 1971, donc non seulement le vaisseau la Ville de Troie contenant tant
d'autres vaisseaux de Villes également englouties sur
les talons de la fugitive parmi lesquelles la Ville de
Berlin, la Ville de Dresden, la Ville d'Osnabrück et
subitement ma mère perd La Clinique dont les murs
avaient jadis été achetés par mon père. Effacement
total du lieu natal de dizaines de centaines de bébés.
Mais ce qui se passait dans le livre de La Clinique, les
épisodes scandés de sangs et de sanglots, les présents

et les plaisanteries des dieux les frissons et les prières des joueurs et des jouets ? on pourrait imaginer un salvage ? Mais pas ma mère, récupérer ces restes frêles seul *On* peut s'y employer, ma mère ne peut pas vouloir retenir, le courage et la peur lui faillent, et puis c'est sa loi, prendre le départ accompagnée par la vieille très vieille Moche, témoin de ses déroutes affolées.

Et pas d'indemnisation jamais. Tout perdre est la condition de sa compétence d'insubmersible. Toutes ces histoires doivent disparaître c'est son souhait. Toutes ces histoires doivent être sauvées sans qu'elle le sache, c'est son désir. Ne va pas raconter cela me recommande la sage-femme allemande d'une voix sobre. Aussitôt je le note. On ne doit raconter que ce que l'on ne doit pas raconter. Tout est interprétation, traduction d'un ton de voix. J'obéis à l'ordre qu'elle veut ne pas m'avoir donné. Il faut une minutie. À côté du récit je note chaque inflexion. L'essentiel est dans l'intonation. Selon la couleur, bonheur, malheur.

Je mets le magnétophone sur la table. Il est très petit. Aussitôt elle a commencé attends attends m'écrié-je je n'ai pas encore appuyé sur la touche Rec. C'est bon, dis-je, aussitôt elle recommence, soigneuse, Professionnelle de la spontanéité. C'est un génie. Indemne. Pas indemnisée : elle laisse la fin derrière elle.

« Que crois-tu donc, que veux-tu croire, que crois-tu croire, que je vais faire avec tous ces secrets ? » Voilà une question que je ne lui pose jamais, et elle non plus ne me la pose pas.

Donne-moi ce que je ne peux pas vouloir vouloir donne-moi et ne me dis pas, donne-moi le secret des incalculables aventures du secret.

Sait-elle ce qu'est un magnétophone ? Pas vraiment oui ni non. L'appareil n'a pas marché. Nous ne sommes pas étonnées.

QUEL JOUR JE NE ME SOUVIENS PAS L'AI-JE REVU une fois deux fois trois fois à Alger et c'est toujours la même le même sourire lui à sept mois moi à cinq mois, moi à sept mois tramant le suppléant le doublant avec l'enfant suivant, je le couve chaque fois la façon dont il ne devient pas dont il reste comme si sommeille là dans le berceau une pincée d'éternel qui va s'accentuant.

S'est éveillée en moi une curiosité d'urgence un autre étonnement me soulève, ce qu'il est devenu entre-temps, cette vie qu'il a menée et dans laquelle il m'a menée pendant tant de temps et toujours avec l'élégance de celui qui diffuse un rayonnement secret et ne se prend pour rien, chien à moitié enterré entre les éternités jaunes, chien sublime minuscule au poil paille museau jaune levé vers le ciel mondial jaune safran, chien de profil docile à moitié pris dans le sable infini, chien de berceau lentement disputé par la vie et la mort, ocre chiot ineffaçable entre l'infini de l'oubli et l'infini de la mémoire. Il remonte maintenant, c'est son heure de retour, pourquoi maintenant, je me le lui demande.

Que vont dire mes amis, que va dire mon éternel ami, à qui je ne parlai jamais de mon fils l'enfreint le premier ? Vont-ils croire que je l'ai caché, dissimulé, gardé pour moi dans un tiroir, égaré, renié comme un dieu, abjuré comme une foi, inventé pour un livre ? Ai-je des photos de lui ? N'importe quelle photo de mongolien ce sera aussi bien.

La raison pour laquelle je n'en ai jamais parlé est d'une telle diversité, il y en a un banc. Mais je ne suis pas la seule, nous l'avons tous tu et sans mot donné et sans briser le sceau déposé il y a des dizaines d'années. Cela ne pouvait pas durer. Le livre maintenant s'en mêlait aussi. Maintenant il n'y avait pas que nous, famille, mémoires et amnésies, maintenant il y avait un livre qui était venu s'ajouter à la confusion, si je voulais dormir il m'éveillait, le livre lui ne dort jamais.

L'ENTERREMENT

– L'enterrement, dis-je en poussant le mot lentement vers mon frère.

– *L'enterrement ?* dit mon frère. Il prend le mot et
il le relance dans ma direction. Len ! terre ! ment !
voilà comment il casse le mot, il le dépèce, comme
s'il le mordait. Il me renvoie le mot en morceaux,
comme si je lui avais envoyé par ruse une motte de
terre au cours d'une de nos batailles au Clos-Salembier, ce mot-là il me le retourne à toute volée, voilà
comment je me rends compte lui avoir lancé le len-
terrement avec une violence qui m'a échappé.

L'enterrement-je-n'y-ai-jamais-pensé, voilà comment il reçoit ma question.

Mais la bataille a déjà commencé il y a une heure,
elle s'est ouverte entre nous sans avertissement,
l'enfance, c'est toujours elle qui recommence :
lorsque me penchant tout à l'heure sur mon grand

corps de frère enfoui dans un rouleau de sieste et voulant le tirer du sommeil par la douceur de sœur, j'effleurai sa joue gauche mal rasée d'un baiser. C'est alors qu'il avait ouvert des yeux rendus énormes de hagardise, et sans me voir les yeux écarquillés d'une épouvante pour moi épouvantable il avait poussé un cri terrible : Ah ! qu'est-ce que je t'ai fait ? Qu'il ait rugi cela ou pas je l'ai entendu porter la plainte d'un homme mortellement blessé.

Juste derrière le sommeil il faut croire qu'il y avait eu coup, blessure, attentat, meurtre peut-être entre nous, sans que je sache qui de nous deux, quelle arme, quelle histoire – l'ancienneté de quel coup ? – C'était peut-être le baiser – que je lui avais porté ? Je n'aurais pas dû le toucher pendant son sommeil. Mais quand le toucherais-je sinon pendant qu'il dort ? Alors il se redresse trahi et il abat son horreur sur moi. Je ne sais même pas pourquoi je l'embrassai.

Peut-être parce qu'il dormait ? Peut-être parce qu'à ce moment-là je pensais à mon fils le mort auquel je n'arrêtais plus de penser depuis quelques mois et auquel je n'avais pas pensé du tout pendant trente années mon fils mort si peu embrassé. J'avais un baiser sur les lèvres, il a glissé.

En vérité il y a quelque chose de fou dans ce baiser car nous ne nous touchons jamais dans la famille c'est la tradition, il n'y a pas de raison de couper le fil avec les ciseaux des lèvres dit ma mère et nous nous gardons en principe d'enfreindre le prochain. Pour le salut, nous nous inclinons brièvement sur le côté, nous indiquons un penchant. C'est déjà très fort.

Sachant que nous sommes très explosifs les uns pour les autres c'est une précaution. Voilà pourquoi si souvent nous sommes laconiques, surtout mon frère, surtout ma mère, nous mesurons les phrases, une étincelle et un feu prend.

Le baiser est parti tout seul. Et finalement il a atteint mon frère le plus grand le plus gros le plus guerrier de la famille. Tout dans son sursaut et son effroi dit que je l'avais pris en traître et malgré moi.

Mais toute cette histoire est retombée dans le passé. Maintenant nous étions enfoncés jusqu'à la poitrine dans les fauteuils trompeurs. On croit s'asseoir mais le fond se dérobe et l'on se retrouve à demi enfouis dans le fauteuil les bras engoncés sous les bras du fauteuil, le museau levé vers le plafond jaune, et c'est alors que je me mets à parler de l'enterrement. À demi émergés, sans appui, privés d'adresse par la mollesse perverse du siège. Ce qui ôte à l'entretien tout ressort.

– Je ne sais pas où il est enterré, dit mon frère. Non. Pas d'enterrement. Pas d'enterrement.

Enterrement de l'enterrement ?

Avec de petits gestes entravés par les bras du fauteuil il balaie l'idée, il rejette le petit drap de terre. Le petit visage qu'il découvre est gris. Mais mon frère arrache sa créature à l'enfouissement.

Enterrer son bébé ? Lui il s'est assis par terre à côté du lit à barreaux et il a pleuré. Toutes les larmes nécessaires, toutes les larmes dont l'enfant avait si soif, il les a versées. L'enfant a bu les larmes de son frère (mon frère), lui qui n'a jamais pu boire une goutte de lait.

– J'ai pleuré. J'étais ému.

Et moi à moitié engloutie par le fauteuil je les bois aussi ces larmes. Et je ne dis pas : merci, cela ne sait pas se dire, merci pour ce que tu as donné parce que tu ne sais pas ce que tu fais, parce que tu n'as pas versé des larmes en libation, parce que tu étais blessé, parce qu'on t'avait soudain coupé une patte et tu sautillais, merci d'avoir nourri le mort, je ne l'ai pas dit. J'ai bu à la dérobée. Je me garde bien d'offenser mon frère avec des louanges. Entre nous tout se tait : amour avec haine, haine avec amour. En cachette mon frère est bon, en cachette de lui-même. Pas doux. Rude. Dur : bon. Bon sans bonté.

La Clinique bourdonne. Trois enfants naissent. Le Personnel pense : c'est long cette fièvre. Il met long-temps.

– Il a dû être enterré dit mon frère mais pas par moi. J'étais très attaché à ce gosse. Je ne le délaisse jamais.

Pendant la bataille nous nous envoyons des mottes de terre durcies au soleil, nous nous abritons derrière les remparts des fauteuils de bois renversés, nous formons des vœux de mort, les boulets sont si secs qu'ils éclatent sous le choc et retournent à la poussière.

Ce que je craignais le plus c'était la barre de fer au bout pointu que mon frère brandissait. En fuyant je prie les dieux : faites que nos vœux ne se réalisent pas.

Il y a bien des années que les guerres sont finies. Mais la peur nous reste.

EMBOÎTEMENTS

Ce n'était pas un enterrement, dit ma mère. Elle épluche des haricots verts. Elle ne parle pas les mains vides. Les enfants on les mettait au cimetière dans *des cases*. Il y avait un mur plein de cases pour tous les petits enfants. On le met dans *une boîte*. Et la boîte dans *une niche* qui est fermée et ça y est.

J'essaie d'imaginer la boîte mais elle se sauve.

On l'a amené au cimetière juif.

Qui était *On* ? me demandé-je. Était-ce ma mère ?

Je tourne autour de *On*. C'est un pronom qui pourrait désigner soit ma mère, soit ma mère et mon frère, soit une personne qui est allée au cimetière juif à la place de ma mère et dont elle parle sans la nommer et qui n'est peut-être finalement personne d'autre que ma mère mais affligée, mais égarée, mais hébétée, mais un peu supprimée par la peine de la scène.

Je pense que ma mère n'est pas allée à l'enterrement de mon père, aucun de nous n'a enterré Georges Cixous, cela nous ne le faisons pas, enterrer l'un de nous non, la personne chère s'enterre modestement. Ensuite nous allons nous recueillir sur une dalle posée en son nom. Ce sont des haricots cueillis de ce matin. Comme vivants encore. Cependant à Alger « ce n'était pas un enterrement » dont mon fils qui alors était le fils de ma mère, était l'objet, ou le personnage ou la cause ou la victime ou le jouet. En ce cas il est possible que On ait quand même été ma mère. Mais la référence est perdue.

Ma mère est toute aux haricots. De la main gauche elle en saisit cinq ou six. Avec le couteau dans la main droite elle coupe vite et régulièrement les petites têtes. Ce n'est pas On, c'est bien elle qui est aux haricots. Les haricots sur ses genoux. Le tout vivement coloré émet l'infime rayonnement du présent.

— J'ai totalement effacé la conclusion dit ma mère concentrée.

– Comment est-On allé au cimetière juif, demandé-je doucement.

– On a dû prendre un taxi.

J'imagine qu'On a dû le porter. Georges. On ne sait pas ces choses-là. Pendant ces moments On est ailleurs. On pense à toutes ces naissances. Et de l'autre côté à toutes ces morts. Entre lesquels avance le taxi. Ma mère ne peut pas mettre cet enfant dans une boîte. Elle lui est attachée. De son côté il lui est attaché. Alors On le fait. On fait tout ce que ma mère ne saurait faire : On met la boîte dans une niche.

Ma mère n'a aucune idée de l'emplacement de la niche qui est dans le mur où l'on case les petits enfants.

Aucun haricot ne lui échappe, cinq par cinq. Le Cimetière juif est casé dans le Cimetière Saint-Eugène comme une boîte dans une niche dans un mur vermoulu de bébés. Je pense aux noms : Georges, Eugène, On. Tous ces mots qui deviennent secrètement des personnes qui changent les mots en chair en nom et en ombres. J'ai beau penser à la boîte. Je la retourne : la Boîte : dans tous les sens. Finalement je retourne à ma mère.

– Il y avait un mur recommence-t-elle avec des sortes de casiers pour les enfants. Ça fermait comme un coffre-fort. Un coffre-fort plein de pierres et de georges. Des riens. Ou bien plein de pensées, ou des phrases, des sentiments peut-être, mis sous clé, des vœux de mort alors ? Ou des indices ?

La boîte ? Une boîte où on met le mort, en bois peut-être, qui l'a portée ce n'est pas moi peut-être ça je ne me rappelle pas. Chez nous, dit ma mère, en emboîtant une réminiscence dans la case laissée vide, avec sa façon de ne perdre jamais un espace utile, on ne peut jamais aller à un enterrement. On y est invité, on se rend chez les gens, mais la plupart du temps on n'arrive même jamais jusqu'au cimetière. Même si l'on finit au bout de la journée par se retrouver dans la maison du défunt, on ne sait même plus qui est mort, la dernière fois j'étais allée chez la cousine de tonpère pour son enterrement, la semaine précédente je pensais aller la voir et j'avais tant de choses en tête, j'ai oublié, mais lorsque je suis arrivée finalement une semaine plus tard, pour son enterrement, il y avait du monde et surtout beaucoup de *candidats*. Toutes ces personnes qui attendaient leur tour. Alors juste au moment où s'ébranle le cortège je m'aperçois que j'ai tout laissé dans la chambre de la cousine : mon sac à dos, avec toutes mes affaires. Ou je retourne en courant, mais alors je vais manquer le départ du cortège. Je ne peux pourtant pas laisser mon sac avec toutes mes affaires personnelles dans cette maison où n'habite plus la cousine morte. Comment les retrouverai-je ? me dis-je. Le cortège. On me donnait tellement d'indications que je n'y suis jamais arrivée. Rien ne m'intéresse moins que les cimetières si on y réfléchit. À commencer par celui de Saint-Eugène où nous n'irons plus jamais.

Tandis que moi, je remue de jeunes tombes, qu'est-ce que je fais là à remuer, je ne sais pas ce que je cherche en retournant la terre-natale sous mes propres pages, mais je reconnais que ce que je fouis c'est la terre-natale, celle à laquelle nous sommes liés ou niés, et par moments des larmes montent de la terre et m'embuent la gorge, lorsque je parle mes paroles sont humides. C'est peut-être cela que je cherche sans savoir, à pleurer ? Se demande en moi le Livre.

– Tout d'un coup voilà qu'elle réclame quelque chose à la famille, quelque chose est venu lui manquer, et qu'est-ce ? Une boîte ? Après toutes ces années ?

Je conçois que cela est désagréable, c'est comme si je venais reprendre un bijou auquel j'avais renoncé en leur faveur, ou que j'avais laissé tomber, il n'y a aucune raison pour qu'ils me le rendent, ils n'en sont pas comptables, c'est comme si c'était du vol, reprendre, et quoi encore ?

Elle veut qu'on lui donne la mort de Georges.

Moi-même je ne me comprends pas.

« Décédé à Alger » peut-être mais pas mort du tout pas encore, non. Il faut le temps. Les choses n'arrivent pas aux jours où elles se passent, ni les événements, ni les gens. Mon fils ne m'arrivait pas lorsqu'il est advenu ni lui à moi ni moi à lui, il m'arrivait mais plus tard, déjà plus tard. Le jour où je n'étais pas là.

Quand mon frère est parti tout à l'heure il a laissé une large trace dans la pièce et dans tout le jardin. J'ai fermé le portail qu'il laisse toujours ouvert et j'ai commencé à recevoir ses grandes rafales verticales, dont les racines, lorsqu'avec le Livre je les examine, sont d'une admirable profondeur : c'est que mon frère souffle toujours depuis les premiers temps de sa vie.

Je voulais lui dire – pour le baiser – pour les larmes – je n'ai pas osé –

Mais les choses qui sont arrivées me parviennent si tard, elles mettent quarante ans pour me trouver et que je les trouve, elles se passent longtemps avant que le Livre m'ouvre. Alors j'entre pour la première fois dans l'antique événement. Je suis un être lent à lire.

Le Lieu ce ne peut être que la Ville d'Alger, dit le Livre. Ce qui fait que la Vie est comme une pièce de théâtre c'est l'importance du Lieu. Et les deux lieux les plus actifs, finalement, ce sont le lieu natal et le lieu mortel. Pourtant à sa mort, l'être humain n'y est pas et pourtant là où l'on meurt, c'est bien là que la vie prend son sens. Quelque chose nous donne l'intimation. L'un s'en va mourir à Berlin, l'un à Rome, l'un à Londres. Exactement. Si mon fils Georges est mort et disparu à Alger ce n'est pas un hasard.

Tout aura eu lieu comme si quelqu'un avait écrit cette histoire pour qu'un jour je la lise me dis-je. Rien ne peut plus me séparer de l'Algérie que nos deux morts Georges mon père Georges mon fils gardent perdue réunis égarés dans la scène déserte de Saint-Eugène. Rien ne peut plus m'attacher au pays que ces deux morts.

Envoyer l'enfant à Alger que j'avais quittée pour toujours cinq ans plus tôt c'était l'envoyer au temps passé, si je ne pensais pas cela mon frère le pensait, nous pensions en sens inverse et tout peut être pensé en sens inverse, tu as refusé cet enfant parce qu'il est monstrueux dit mon frère le pédiatre. Les parents ayant fréquemment des réactions très violentes. La mère se tue le père frappe le médecin l'enfant inspire à chacun sa folie.

Nous étions tous très tendus. Une voiture de cirque la nuit : on entend feuler frôler frotter on ne sait quoi d'enfermé quand même l'on a un peu peur malgré les barreaux probables. Ma mère tournée toujours vers l'entrebâillement d'une sortie, moi agrippée à la porte sans savoir de quel côté, mon fils collé à mon flanc comme une feuille morte, mon frère qui tantôt se dresse tout en pierre au-dessus du fossé tantôt roule comme un roc jusque dans un fauteuil. En bas de la scène infatigable le Livre nerveux, veut, veut, veut.

L'EFFACEMENT

Ma mère sortie avec les haricots sans un regard comme si elle avait reçu une convocation urgente, je restai dans la cuisine avec ses phrases. Je les réécoutai. Des phrases simples mais plus je les écoutais plus elles s'assombrissaient, prenaient des aspects nuageux, se détachaient de ma mère et s'élevaient au plafond. « Qu'est-ce-que-tu-veux-que-je-te-dise », celle-ci par exemple je l'avais laissée passer sans y prêter attention, maintenant elle revenait nouvelle, inventée, abrupte, même elle s'adressait à moi d'un ton brusque, autoritaire, elle me frappait l'oreille d'un coup d'une petite aile tranchante, la pièce était traversée de part en part par des vols de phrases qui viraient, j'apercevais soudain une queue noire, un ventre blanc, un scintillement, je voyais que je n'avais rien vu, j'étais restée dans une grisaille, une brume sans angles et la note orange de la casquette

de ma mère pour me leurrer. Toujours cette ana-
chronie qui s'appelle *Treppenwitz*. Elle avait dit et je
croyais avoir entendu. Je commençai à entrentendre
je crois. Elle m'avait dit « qu'est-ce que tu veux que
je te dise ? », j'avais pris ces mots pour des paroles
pour rien, des paroles de grand-mère endormie. Oui
qu'est-ce que j'avais *voulu* qu'elle me dise, me
demandé-je, est-ce que j'avais voulu, est-ce que
j'avais demandé qu'elle me dise quoi, qu'est-ce que je
voulais qu'elle ne m'ait pas dit. Concernant des événements tombés en poussière. Il y avait donc
quelque objet à vouloir. Ma mère en sortant derrière
sa casquette m'avait coulé un de ses non-regards, une
manière qu'elle a de brusquement être de dos. Je ne
lâchai pas. Je ne sais pas ce que je ne lâchai pas. Mais
une fois aventurée si loin en direction des lieux
abandonnés il n'y a pas de marche arrière. Une
attente me tenaillait, un assoiffement mais d'aucune
révélation précise. Je voulais. Je résumai :

En somme ce que m'avait dit ma mère c'est qu'il
était mort de mort. Il était mort de lui-même,
d'avoir été lui-même, et elle avait ajouté deux fois il
valait mieux qu'il ne vive pas. J'ai pensé que c'était
mieux. Plus tard il est malheureux il est de plus en
plus attachant la famille est de plus en plus malheu-
reuse, sachant qu'il n'a aucun avenir, cinquante pour
cent de morts avant cinq ans et les autres n'en ont
pas pour longtemps, c'est le roi à l'envers et tout ce

qu'on pense on en pense en même temps le contraire. C'est bien et ce n'est pas bien. Ce qui est bien n'est pas bien. Avant-cinq-ans c'est quand cinq ans quand c'est qu'en sait-on c'est avant. Avant longtemps. Et « longtemps » c'est comment ? Et contre mon sein refusé par le mongolien dont la langue encombre le palais, je serre un clown qui ne prête pas à rire. Mais juste avant d'avoir pensé que c'était mieux on a pensé le contraire. À chaque instant, le contraire. Ce qu'il y a de plus fort, c'est l'attachement, d'autant plus fort qu'il est tissé pour résister à un détachement douloureux.

Plus tard on applaudit en frémissant d'émotion à voir le mongolien courir. La course du mongolien c'est la remontrance du bonheur. En se dandinant et clopinant, on court aussi et la figure comme une figue mûrie au soleil ridée rosie et craquelée de l'intérieur. On y tient, c'est une honte tenir à l'enfant qui ne peut pas tenir tout seul contre les vents, mais ne pas le tenir c'est une trahison, mais si l'on pouvait choisir ? Mais d'un autre côté, il y a eu choix, cette femme a été choisie pour mongolien entre toutes les sept cents ou mille autres femmes. En vérité la vie de mongolien ce n'est que choix et trahison c'est-à-dire renversement et passion. Quand on a une vie de mongolien à supporter on a une vie de mongolien à jouir, à la longue on a tendance à devenir plus intelligent pour ne pas dire meilleur, c'est une question d'exercice, on doit passer sans cesse d'un bord à l'autre, ou bien sauter par-dessus une corde ou enjamber un mur, et ne pas simplement regarder le jardin mais le balayer sans arrêt du regard tout en faisant autre chose en même temps, écrire d'un œil lire d'une oreille, éplucher des légumes d'une main, et de l'autre, œil, oreille, main, on guette le mongolien.

Il a suffi que je sorte une fois dit ma mère. Me voilà dit le destin, c'est dimanche dit l'événement. Et il n'y avait pas eu de moment final. Au lieu de dernière scène il y avait eu effacement. Il y avait eu nuit. Il y avait nuit dans le récit. Dimanche, fièvre, nuit. Lieu : La Clinique, la nuit. Une nuit remplaçait et effaçait la dernière heure. L'effacement commençait là, on ne voit plus rien, on ne donne plus à boire, et « au matin il était froid » mais ceci est une remarque froide et sans vie à laquelle ma mère n'assistait pas, il n'y avait personne dans cette nuit, j'essayai de pousser la porte de cette nuit mais la porte elle-même était une nuit cependant comme dans un rêve je m'attardais moi-même interminablement devant cette nuit qui se dérobait et se multipliait. Peu à peu mais sans degré je me fis nuit je ne finissais plus je fus nuit sombre sans différence et cependant je pensais ce sans face ni humide ni sec sans profondeur et dans lequel je suis qui sait si ce n'est pas l'intérieur de sa mort une eau noire et sèche et sans épaisseur mais dans laquelle tout de même je stagnais comme j'avais vu ma mère flotter sans respirer sous une eau jaune dont je l'avais tirée souillée mais in extremis. Mais tout ceci était improbable mais émouvant.

Puis l'effacement s'étendait à tout ce qui suivait, au matin, au jour qui se levait, à la découverte ou au constat, à la phrase « il est mort », rien de tout cela, l'effacement nous échappe, ce n'est rien, un silence mais perdu et même le mot perdu est trop lourd. Il n'y avait pas d'expression de la famille, le Personnel ne pensait rien, effacé lui-même, aucune manifestation de vie nulle part,

comme si l'enfant avait été retiré avec le récit sous le couvert d'une nuit

et l'effacement avait ensuite avalé le taxi, le cimetière, il y avait une brèche déserte et insondable bouche fermée du récit. Et à la fin ce souvenir de la niche mais qui ne contenait personne, qui était un squelette de souvenir et dont on ne pouvait pas dire qu'il revenait à ma mère – à part le mot *niche* qui pour moi est étincelant – mais pour elle un mot pour un autre et le récit un récimetière.

Et donc il n'y avait eu personne
Comme si le mot avait été donné, mais lequel
Mon frère non plus
Comme si un mot avait été (donné) repris
Comme si-la-mort-
L'effacement – je m'en rendais compte lentement –

167

faisant même partie des effaçants et des effacés – l'effacement avait eu une telle puissance qu'il avait atteint toutes les personnes de La Clinique, depuis la veille de la mort, définitivement *totalement* avait dit ma mère.

« J'ai totalement effacé. » J'avais pris chacune de ses phrases pour un de ses clichés à l'emphase allemande. La pauvreté extrême de son récit, j'avais bien cru la reconnaître, c'est bien elle pensai-je, sa façon économe, son absentement, son refus passionné de toute passion.

Lentement j'apercevais une étrangeté, un effacement pareil, je venais d'aboutir dans un immense amphithéâtre, j'avais beau grimper les marches, une cloison de bois très haute me séparait de mon interlocutrice, seulement une cloison, si bien que j'entendais sa voix me répondre quand même brièvement, mais elle je ne la voyais pas, nous parlions en lançant les mots par-dessus la cloison, je levai la tête pendant cet échange coupé et je contemplai l'incroyable coupole de la cathédrale céleste, un immense ouvrage qui me donnait la splendide mesure de notre petitesse.

Ce n'était pas du tout un récit pauvre, c'était un récit dérobé, une sauvette, un non-récit, oui un refus de récit.

Un fait ancien. Des dizaines d'ans. Et moi pourquoi venais-je devant la nuit maintenant, revenais-je où je n'avais jamais été ? Oui pourquoi soudain me présentais-je. Ma mère fuyait. Soudain je sentais sa fuite. Elle me fuit. Comme une biche, comme une tourterelle. Soudain j'entendais des craquements de brindilles, de feuillage. C'est moi qu'elle fuit. Ce n'était pas du tout ce que j'avais pensé – retombant dans mon propre cliché, pensant la sobriété de ma mère, l'élusion sa célèbre façon d'expulser les questions, de raccrocher le téléphone sitôt la dernière syllabe prononcée, de planter là. Pas du tout.

C'était un récit vigilant rusé refusant méfiant. Plus je le repasse plus je suis sensible à la note sèche neutre sournoise, à une espèce de fuyance, de change.

Tout d'un coup je voyais qu'elle coulait des regards de côté sous le couvert des haricots, tout d'un coup je voyais tous ces haricots qui s'entrecroisaient et se multipliaient, cependant que la casquette orange de ma mère descendait très bas sur son visage, je voyais ses lèvres freiner un tantinet un débit qu'elle corrigeait, rejouant un naturel avec une habileté nouvelle.

Et plus je repasse le récit plus je suis sensible maintenant à une nuance de réprobation qui m'avait échappé, une fine colère ou réticence, mais retirée, dissimulée, recouverte par la vivacité des doigts dans la cuvette et finalement c'est peut-être cette outrance infime du côté des haricots qui avait attiré mon attention, car subitement je m'étais aperçu que moi-même j'étais captée par le défilé des haricots comme par une démonstration de virtuosité. Le langage des haricots soudain, soudain j'ai cru en voir le message crypté.

Que viens-tu faire par ici ? Chez nous ? Notre mémoire reposait. Éloigne-toi !

Comme si j'avais exercé un droit indéniable de curiosité parce que j'étais la mère et indu parce que je n'étais pas la mère. À ce moment, la mère toute la mère c'était ma mère, et la nuit qui élevait sa haute cloison de bois me signifiait le juste arrêt de mes droits.

Devant moi, mais à une distance magique, cette distance sans profondeur apparente qui est l'essence même de l'infranchissable, ma mère, pure défense, défendue. Je la voyais bien et cependant elle m'était cachée.

Je me dis elle me refuse la chose que je n'ai pas méritée. Je me dis elle m'accuse et s'interdit de m'accuser. Je reconnus le vestibule de l'apocalypse. Je voyais clairement le voile dont elle couvrait l'entête-ment de son silence, c'est une gaze fanée où l'on décèle encore la trace presque effacée d'anciens petits carreaux bleus et blancs. Alors, je pars, dis-je. Je prends mon manteau. Soudain la lumière s'éteignit. Par les fenêtres de la cuisine entra un jour jaune triste. Et aussitôt éclata au-dessus de la ville le grondement d'un tonnerre – d'une largeur et d'une durée inouïe – les camions du ciel pensais-je. Le bruit roula enfla occupa l'air entier. Alors du bruit sortit un avion. Était-ce un avion que ce bruit avait précédé de plusieurs années ? L'avion parut – tout petit au milieu d'un embrasement de lumière bouillante, un drap de feu jaune se déroula par toutes les rues et jusqu'au sommet du monde. Bombardée dis-je : un Papillon – mais le mot fut pilonné au sortir de mes lèvres. La Radio de la Ville avait pris la parole, la Voix parcourait les rues – disant – je recompose – hachée – recouverte – avalée – ceci est une répétition… de la vérité… une répétition… de la vérité. Le simulacre couvrit tout. On ne peut plus avoir sa tête. Je fus emportée dans le lourd hurlement de l'avion, un Papillon. C'était arrivé. La chose.

Ce que maintenant je ne souhaitais plus l'entendre me dire.

Je viens de comprendre pensais-je.

Je pensai : je viens de comprendre.

J'aurais pu me dire : je viens de comprendre !

Mais à cause de la présence du livre qui veille même lorsqu'il sommeille, même lorsqu'il se laisse oublier, au lieu de : j'ai compris ! aussitôt je me rappelai à la réalité pointilleuse de la réalité : non, je ne venais pas de comprendre, cette sensation de lumière n'était qu'une de mes pensées nombreuses, intenses, contradictoires, et j'aurais pu penser et croire le contraire. Tout ceci se passant dans ma tête comme dans un livre. Et c'est cette vigilance du Livre toujours dans mes parages qui m'infligeait sans cesse un nouveau doute.

J'avais les jambes qui pliaient. Ah si j'avais pu me jeter aux pieds de ma mère. Lui dire : je sais.

Elle s'était efforcée de m'éloigner pensai-je, de me maintenir dans l'éloignement où j'avais séjourné pendant trente ans, elle s'était empêchée de me donner des coups de pied, de me chasser, non par tendre amour mais par ruse de mère pour ne pas même attirer mon attention. Voici que le voile que je prenais pour ma compréhension lumineuse se déchirait. Maintenant je comprenais que je n'avais jamais compris. Maintenant se levait le soleil rouge sombre. Il pleuvait à torrents. Mais cela ne servait à rien. Sauf au livre.

Un peu plus tard dans la journée je me trouvai à Alger dans un jardin d'herbe verdoyant c'était un grand tapis rectangulaire. Je reconnus le cimetière rêvé où je ne suis jamais allée. Dans ce potager se dressait en bas du tableau à droite un haut meuble à petits casiers en bois foncé. Je le parcourus des yeux. Les petites cases portaient des noms. Je compris qu'elles correspondaient à des présences dans le jardin. Soudain mon regard tomba sur le dernier petit casier tout en bas sur lequel je vis inscrits la lettre G et à côté de G en lettres blanches le mot Tombe. Je me baissai. Je vis deux petites touches à côté des lettres. J'appuyai, un ressort joua et derrière le mot Tombe apparut une petite cavité. Dedans un minuscule coffret de la taille de ma main. Dedans ce coffret une infime motte de terre. Furtive je pris le fragment de mon fils mort. Je brisai une miette grosse comme un ongle que j'enveloppai dans un mouchoir. Mon larcin accompli je remis le reste dans le petit coffre et refermai le tout. Je pris l'air innocent. J'enfouis la miette de mon mort dans ma poche. Ce qui ne m'avait pas été donné, je l'avais pris.

Maintenant assise sur une souche d'arbre, je lui parlai. « Je n'étais pas avec toi », murmurai-je, j'avais besoin d'entendre ma voix percer l'étouffement qui m'emplissait la poitrine, « je n'étais pas avec toi le dernier jour mais toi tu ne me lâchais pas », agrippé à ma cuisse gluant à ma hanche collé par les paumes sans ligne palmaire à ma jupe.

J'avais toujours pensé que ma mère ayant eu deux possibilités en arrivant à Alger avec l'enfant, l'une de le tuer, l'autre de l'adopter, avait résolument choisi la deuxième (adopter). Avait résolument écarté la première (tuer). Après les avoir examinées.

Maintenant elle n'avait jamais entendu parler de ces possibilités.

Je comprenais que j'avais pu inventer cette pensée de ma mère. De son côté elle-même réinventait les souvenirs au fur et à mesure du temps et des événements. Seules les dates et les adresses résistaient à la multiplication de nos récits. Seule l'incertitude et seul le trouble étaient constants. Où étais-je le jour où je n'étais pas là ? Et maintenant.

ELLE M'EN VEUT

CE QUE JE ME MIS À PENSER le matin suivant : – Elle m'en veut. Elle croit que je ne sais pas qu'elle est héroïque.

Mais je ne peux pas lui dire que je sais.

Il s'agit de secrets. Totalement défendus. Ce qu'elle n'a jamais dit concernant la mort de Georges et la mort d'Omi, ou plutôt ce qu'elle a toujours dissimulé d'une mort par l'autre, ou plutôt concernant la vie dans la mort. Secrets jurés à personne d'autre qu'à elle-même. C'est son trésor. C'est son regret. C'est le don caché qu'elle n'a absolument pas donné. C'est l'heure de sa grandeur, l'heure douleur, heure sans mère sans fille sans sœur.

Elle croit que j'ignore totalement son heure.

Mais j'ai deviné. Cela tient à presque rien, une façon de ne pas lever les yeux à un moment, une accélération brutale suivie d'un freinage brutal au volant d'une phrase le mot *totalement* saisi d'une fréquence qui ne peut être attribuée à sa seule germanité, quelques petites étourderies grammaticales, je ne compte pas les crises d'éternuement je ne compte pas les virulences verbales à mon égard à table causées par des malentendus, je ne compte pas les actes manqués, je ne compte pas les mongoliens qui semblent surgir cette semaine dans la ville comme des escargots après la pluie dès qu'elle va au marché, les indices fourmillent, tous excessivement petits ce qui est tout à son honneur, surtout dans le langage, je ne parle même pas de la parole et de la voix. Mais si je lui disais que je sais je lui enlèverais la grandeur de son héroïsme. Car son héroïsme consiste justement à n'avoir jamais rien dit, à n'avoir jamais rien confié, à personne, à avoir renoncé à tout héroïsme.

Elle me dit : les Juifs pieux ont de l'insomnie. Ils ne savent pas s'ils doivent étaler leur barbe sur le drap ou sous le drap. Parfois elle a de l'insomnie. En ce cas elle écoute France Culture.

C'est une discrétion longue et sans pitié. Chaque fois que je m'approche d'un lit ou de l'autre, elle me repousse avec humeur.

Elle m'accuse de l'avoir toujours laissée seule au moment de sa gloire cachée. Elle n'a pas tort. Nous l'avons toujours laissée seule. Mais d'un autre côté nous avons toujours obéi à sa loi. Elle pense que nous aurions dû lui désobéir mais sans le dire. C'est ainsi que nous eussions obéi à son inavouable vœu. Mais nous l'avons toujours docilement exactement laissée être héroïque. Laissée seule. Obéissant sinon à son désir du moins à la loi de son destin.

Selon mon frère ma mère ne sait pas qu'elle est héroïque. Tamère ne sait pas dit-il. Elle agit fortement sans héroïsme. C'est un dangereux genre d'héroïsme.

Je crois que ma mère croit que je n'entends pas ce qu'elle ne dit pas.

Mais qui sait ? Il y a de l'erreur. Il y a de la vérité. À qui dire ce que je pense ce matin ? Je le dis au chat. Je n'ai rien à lui cacher. Le chat est le mongolien qui ne fait pas souffrir. Ce chat est parfait.

Le mongolien ne cache pas. Le mongolien ne sait pas nous cacher l'imperfection qu'il nous donne à partager. Mais on ne peut pas le lui reprocher. C'est un chat imparfait.

Ma mère est sortie faire une excursion avec ma tante. C'est dimanche. C'est un fait tout à fait exceptionnel. Ce n'est pas sans souci et sans précaution qu'elle m'a laissée à la maison, et pas sans s'assurer qu'il y a tout ce qu'il faut pour ma survie en son absence. Je la regarde parcourir la cuisine, la salle à manger, chaque pièce, elle me laisse des instructions écrites sur des feuillets. Elle sera de retour ce soir à huit heures et demie. Elle vient une dernière fois dans mon bureau, jette un coup d'œil examinateur. Puis elles partent, les deux sœurs, dans la langue allemande. Je ne lui dis pas que je l'entends porter la maternité à incandescence. Le livre me pousse à retourner à Alger. Encore une fois. À retourner Alger, à fouiller à la bêche la scène du secret. Cela fait des mois maintenant que je me débats pour défaire cet effacement, je longe la nuit, je remonte tout le temps la rue d'Isly maintenant Ben Mehidi Larbi je hante les mémoires, bizarre chasse, je palpe la toile je cherche un trou, j'ai dans ma poche la miette de mon fils, la résistance de ce grumeau est extraordinaire. Je ne sais même pas ce que je me demande, si je reviens sans cesse sur les lieux c'est sûrement qu'il y a une odeur un cheveu, je veux me débarrasser d'un silence étouffant un silence étouffant mon silence j'avance à grandes enjambées, le manteau d'un mentir me couvre les épaules, un manteau fauve court en cuir un manque de vérité, les jambes nues jusqu'aux cuisses, le haut emmitouflé, une atrophie de vérité, je veux voir mes yeux je veux toucher mes mains, je tâte Alger, je renifle je patine. Il faut que je renoue mongolien, sa mort je ne veux pas y renoncer, je sens une faim embrasser un vide de vérité, je *boite* c'est cette patte qui s'est mise à m'élancer, la patte coupée.

Depuis que je suis revenue je n'ai à faire qu'à des portes impossibles. Ma mère m'a donné les lourdes clés de La Clinique, qui était au numéro 26 de la rue, mais parmi les façades ce numéro n'est plus, je repasse dix fois, enfin je crois deviner entre deux grandes maisons la trace d'un 2 ici et peut-être un 6 là. La façade de La Clinique est réduite aujourd'hui elle n'a pas plus de cinquante centimètres de large. Je m'approche avec le trousseau de clés cela joue, c'est bien ici que nous étions, l'étroite porte de fer cède et me voilà où ? Devant moi comme aperçu par un judas c'est un couloir de la dimension d'un tuyau d'eau taillé dans une matière cireuse et grenue qui laisse passer assez de lumière blême pour que je voie jusqu'au fond de cette tanière qui fut autrefois la maison aux enfants. On doit s'y couler à plat ventre. À droite à gauche on peut imaginer des orifices par lesquels pénétrer dans des pièces rétrécies. L'horreur et le regret qui me saisissent sont grands jusqu'au ciel intense. Épouvantée je recule. C'est la première fois que je suis en contact avec la réduction cadavérique d'une maison. La Clinique n'est plus qu'un boyau de momie. Le Personnel est tombé en poussière il y a bien longtemps. J'ose à peine poser le pied sur lui, sur elle. Boite.

C'est une erreur de frapper à une porte morte.

Je m'en vais. J'ai dans la main les clés, qui elles ne meurent pas. Je vais les rendre. J'en ai assez. Mais le livre ne l'entend pas ainsi.

L'enterrement, un enfant dans un mur dont on ne se souvient pas, une fiction, une mort de mort une invention elle aura imaginé tout cela. On ne peut s'arrêter dans un trou sans bords.

— LE FAIT EST QUE JE N'AI JAMAIS DEMANDÉ à mon frère le médecin de quoi mon fils est mort, le fait est que jusqu'à ces derniers jours il ne m'est pas venu à l'idée que mon frère devait être à La Clinique en ce temps-là où il faisait ses études de médecine à l'Hôpital d'Alger, qui d'autre sinon mon frère aurais-je dû interroger, il était peut-être absent justement par exception ce dimanche mortel, mais il se peut qu'il ait au contraire été présent justement parce que ma mère était en excursion, je retournais cette absten-tion dans laquelle je me suis tenue si longtemps en tous les sens, je notais les composantes de cette réti-cence avec stupéfaction, j'aurais pu y penser et je n'y avais pas pensé, je notais la réticence égale et symé-trique de mon frère, il aurait pu me parler et il était resté immobile derrière son bureau de médecin pédiatre comme si nous avions conclu un pacte que cependant nous n'avions pas formulé. J'étais impa-tiente maintenant comme propulsée par une urgence à la mesure de mon interminable sommeil, impa-tiente de rompre cet admirable envoûtement. Je me précipitai chez mon frère. J'entrai en courant dans son cabinet. J'exagérai, penserait-il, comme d'habitude. Mais je n'exagérai pas, j'étais exagérée, halée, poussée. Dans le silence du cabinet à l'heure du déjeuner, le bruit de l'autre : il ronflait. J'ai toujours été impressionnée par le bruit du ronflement. C'est dieu qui dort, dieu le tout – éloigné de nos excitations tragiques, le dieu tonnerre indifférent aux vers.

– Elle ne se souvient pas de la cause ? s'éveille mon frère.
– Elle ne se souvient pas du tout ou bien elle ne se souvient pas qu'elle ne se souvient pas.
– Il avait un souffle. Il avait un canal atrioventriculaire dit mon frère, et je lui emboîte le pas tandis qu'il avance très vite dans la langue étrangère médicale. *Atrioventriculaire*. L'être long et musical et pur de tout sens m'emporte dans une région indolore. L'a-trio. Il s'agit du merveilleux médical. C'est un monde que je découvre, dont mon fils fut l'habitant. Il avait un canal, chose inconnue de moi. Je suis la large voix de mon frère. Nous sommes dans une chapelle laïque mais religieuse autrement. La parole de l'officiant a la beauté de ce à quoi l'on croit. Il se répand un apaisement. J'écoute mon frère paternel et je crois. Cela ne signifie pas je vois. Au contraire. Je ne vois rien : j'entends : je crois. Les choses sombres et angoissantes deviennent des noms longs

et tout-puissants, que je ne comprends pas. Soumise dominée paix paix pour celle qui s'est éloignée comme pour la plus proche, voici le récit détruit restauré. Le trio ventrauriculaire.

– Il a fait une décompensation cardiaque filait mon frère en paroles au-dessus de ma tête puis il redescendait en face de moi. Le cœur n'a plus fonctionné. Il s'est mis à avoir une gêne respiratoire. Moi je cherchais à voir ce que j'entendais, il m'a semblé que je n'étais plus très loin du berceau de mon fils.

– Il était un peu gris, dit mon frère fraternel et là j'entends bien qu'il me verse à voir, il avait les ailes du nez qui battaient, et je sens bien qu'il me donne l'enfant à comprendre, mon fils mourant à toucher, je me penche, et mon frère aussi. Il se redresse.

– C'est curieux que maman ne se souvienne pas.

Mon frère se redresse vite – moi je savais traiter l'urgence. Il faut donner des digitaliques dit-il très vite et des diurétiques faire pisser l'enfant pour faire diminuer le volume du sang et tu augmentes la puissance du cœur dis-je à maman précipitamment. Dit mon frère imminent. C'est comme ça que tu arrêtes la mort et retiens la vie un moment s'écrie mon frère en courant à la pharmacie de La Clinique, où ma mère a toujours ce qu'il faut, il traverse le couloir d'un bond en me jetant les explications. Ensuite hâtivement il faut opérer mais c'est très difficile, c'est une opération qui ne réussit pas souvent en courant tu prends une seringue j'ai pris une seringue de cedilamide et maman m'a arrêté en disant il faut que tu le laisses mourir à ma stupeur elle m'a arrêté disant laisse-le mourir en disant laisse Georges s'en aller elle m'a arrêté dans ma course avec sa mort, c'était une lutte très serrée et maman m'a arrêté en prenant son parti elle m'a dit laisse-le partir, tu as tout de suite une réaction d'aide, il a les ailes du nez qui battent tu cours l'aider crois-tu tout de suite tu as tout de suite une réaction de fuite, tu cours contre la mort, mais qu'est-ce que ça veut dire aider dans l'urgence tu prends une direction tragique mais laquelle tu n'as pas le temps d'y penser et quand il n'y a pas urgence tu n'y penses pas, tu ne peux vraiment penser ces choses-là qu'au moment dernier, lorsque l'urgence t'illumine et à ce moment-là dans l'éblouissement qui serait propice à la réflexion justement tu n'as pas le temps au moment absolument imprévisible où tout d'un coup il fait une décompensation cardiaque tu cours à la pharmacie *sachant*, sachant qu'il faut donner un digitalique car cela tu l'as appris à l'hôpital c'est automatique, donner au digitalique sa chance moi je savais traiter à ce moment-là maman a arrêté le savoir, c'est curieux qu'elle ne se souvienne pas, et il est mort.

– Et il est mort, conclut mon frère en haletant la nouvelle, pour résumer et conclure et pour fermer la fenêtre, ayant naturellement une réaction de secours. Et la mort est enfin entrée avec une grande simplicité dans notre vie et dans notre famille qui en cet instant pouvait être comparée à un chien à trois pattes. Il y avait mon fils ma mère mon frère et je n'y étais pas. Je l'entendais crier dans le pré imaginaire : je suis gentil gentil gentil. J'ai pris le corps de Georges dans mes bras, et j'ai dit parle à mon frère fatidique.

On ne peut pas imaginer le fragment de vie qui s'est écoulé entre le moment où ma mère a arrêté mon frère et le moment où il est mort. On ne peut pas imaginer le visage de mon frère et le visage de ma mère pendant l'intervalle. On ne peut pas imaginer la seringue, on ne peut pas imaginer la main de mon frère qui pose la seringue pleine de cedilamide. Ces instants ont lieu à l'abri de l'imagination humaine, au-dessus de la parole et au-delà du silence, à distance infinie de toute sachance. Mon frère parle quarante ans plus loin. Je tiens sur mes genoux le reste transparent de Georges et nous constatons que le temps n'a aucune épaisseur, ni durée, ni longueur, il a seulement un chiffre immatériel, 4, 0.

– J'ai été étonné du sang-froid de tamère car elle lui était très attachée, revient mon frère.

À la façon dont mon frère passe de maman à tamère, c'est à cela seul que l'on peut déceler les changements d'époque. Nous nous passons dans le couloir de La Clinique. Et elle a eu raison. Il est mort en quelques heures. J'ai trouvé que c'était un acte fort. J'ai accepté. En quelques heures elle a eu raison. C'était un acte mental qui était fort. La force c'était que c'était un acte mental. Arrêter le geste et surtout m'arrêter c'était un acte qui se passait au-delà de la moyenne.

Est-ce qu'elle y avait *pensé à l'avance*? Je me le demande, se demande mon frère, mais je sens qu'il ne souhaite pas la réponse, il s'est gardé durant quarante ans de poser la question c'est une question que l'on veut garder à l'abri de la lumière pense-t-il, mais dans l'autre fauteuil je pense que sans doute ma mère peut toujours toutpenser avec sa façon brève distraite naïve de nager la vie dans le sens du courant, mais jamais elle n'aurait « pensé-à-l'avance ». Toutefois, dit mon frère, c'était un enfant condamné de toute manière. Le canal atrioventriculaire reste une cardiopathie très grave. Quel était son avenir ce dimanche je n'y ai pas pensé on ne raisonne pas on vole. L'enfant est là on ne peut pas se dire il va mourir même s'il est condamné de toute manière d'un côté on dit il est condamné de toute façon de l'autre côté on ne prononce pas le mot mourir, si on se le disait à l'avance il serait déjà mort d'avance on l'arrêterait mentalement, cela ne se peut pas, il était mourant je courais arrêter sa mort et là-dessus maman m'a arrêté, et tous les trois nous nous sommes arrêtés en même temps de lutter contre le courant.

Dans les grands fauteuils c'est l'heure du thé.
– C'est une forte femme dit mon frère. C'est l'été.
Nous sommes pieds nus.
Selon moi le plus fort c'est qu'elle ne me l'ait pas dit. Jamais. Quarante ans elle réussit à cacher sa force. Tout le contraire selon mon frère.
– Elle ne te l'a pas dit parce qu'elle ne s'en est même pas rendu compte dit mon frère, crois-tu ? dis-je, de quoi ? dis-je, cela ne me surprendrait pas dit-il, à quel point elle ne se rend pas compte cela m'a toujours étonné, elle ne s'est pas rendu compte que c'était un acte fort, pour moi oui pour elle non, pour elle ce n'était même pas un acte fort dit-il, telle est sa force dis-je, et par la suite elle ne s'en souvient même pas et pourtant il était étonné, car ma mère ne cessait pas de dépasser notre pensée, sans même le savoir et justement pour cela, parce qu'elle ne se rend pas de compte, ce n'était pas un acte, c'était sa façon de suivre le fil de la vie, jusqu'à la fin.

Mais je me souviens des haricots verts. Le titre de la scène serait : « trahie mais de justesse par quelques haricots verts trop vite épluchés ».

Elle me lance un coup d'œil de sous la casquette : « tu écris tu écris tout ce qui trotte dans ta tête ». Je suis toujours avec toi et toi tu n'es pas toujours avec moi *in the hour of need* pense ma mère. Elle a raison dit mon frère et moi je dis, elle n'a pas tort. Et le livre dit : tout cela est écrit. Et voici que je me souviens de la phrase d'Omi quand elle avait encore sa tête : « Donne-moi quelque chose et ne me le dis pas », a-t-elle dit, disait ma mère. Et je ne lui ai pas donné et je ne lui ai pas dit et je me le reproche. Mais cette phrase, n'est-ce pas ma phrase aussi ? N'ai-je pas dit cela mais sans les mots ? Je ne lui ai même pas dit donne-moi et entendant ce que je ne disais pas elle m'a donné et n'a pas dit.

Elle ne sait pas que je sais qu'elle m'a donné et ne m'a pas repris. « Pensai-je » dit le livre. « Ajoute ces mots » dit le livre. « Elle sait peut-être, et toi tu ne sais rien » dit le livre. J'ajoute : « pensai-je ». Je reconnais que c'est une prudence. Je reconnais que je me laisse aller à croire ce qui me plaît. Je reconnais que je préfère me croire que croire mon frère. Et pourtant je reconnais que du point de vue d'un non-moi, le livre par exemple, ce penchant naturel pour moi-même ne garantit pas la solidité du témoignage. Moi j'aurais arrêté cette quête à la page, à la phrase « elle m'a donné et n'a pas dit ». Finir dans le secret j'aurais aimé.

Mais à peine refermai-je la porte que le livre la rouvre. On ne peut pas imaginer l'autorité d'un livre : c'est un juge.

– Mais pourquoi reviens-tu sur ces trucs ? Ma mère est effarée. « J'ai reçu une convocation », lui dirai-je cela, non, obéir aux ordres d'un livre, je n'ose pas lui dire. Mais c'est la dernière fois ! dit ma mère. Je suis vieille. Ces histoires sont vieilles. Alors elle dit : *Ton frère n'était pas là.* Voici la vérité : c'était un dimanche où j'étais sortie. J'avais laissé l'enfant seul avec Le Personnel. Quand je suis revenue il avait cette grosse fièvre je trouvais ça bizarre juste le jour où je sors il attrape la mort et bien sûr s'il a une fièvre de cheval pareil le cœur ne suit pas. Je tenais à cet enfant mais le retenir non je n'aurais pas cherché ce n'est pas un enfant qui doit être guéri ça n'eût rimé à rien de le forcer j'ai tout de suite compris c'est le Destin qui entre. Je sors : le Destin entre.

Et si tonfrère m'avait proposé de m'opposer au Destin je ne l'aurais certainement pas encouragé à le ressusciter dans l'état où il était c'est tout ce qui nous manquait encore mais il n'était pas là non seulement il était déjà mongolien mais d'avoir en plus les séquelles d'une maladie pareille après une méningite je ne voyais pas du tout d'issue intéressante, je n'aurais certainement pas encouragé un enfant pareil de survivre s'il y a le Destin qui lui donne une maladie mortelle on accepte et tonfrère n'était pas là.

J'étais attachée mais l'attachement n'est pas une raison l'aimer n'est pas une raison de l'encourager à survivre totalement absent et de travers mais au contraire car par la suite ça n'aurait pas été marrant. Je regrette je n'ai jamais été héroïque ne pas lutter contre le Destin, c'est de l'opportunisme ce n'est pas de l'héroïsme.

Tandis que ma mère ne déposait rien que la vérité j'avais aux yeux toutes les larmes qu'elle n'a jamais versées car, tenant toute sa vie au-dessus de la pitié du doute de la commisération de la division, elle n'a jamais vu quoi pleurer seulement pour Omi elle aurait pleuré mais en ce cas étant l'auteur d'une lâcheté c'est sur elle-même qu'elle aurait pleuré ce qui n'aurait fait qu'aggraver son profond mécontentement d'elle-même du sentiment d'un manque de courage supplémentaire : puisque à ses yeux elle n'avait pas donné ce qu'elle aurait dû donner en arguant d'une raison sans qualité et sans valeur : « j'ai l'air de vouloir me débarrasser d'un fardeau » s'était-elle dit « ce qui n'était quand même pas un argument qui aurait dû prévaloir » se dit-elle plus tard, mais alors il était trop tard et elle n'avait pas été héroïque alors qu'il aurait fallu l'être au moment voulu, ce qui eût certainement été beaucoup plus charitable que de laisser une personne sans présence souffrir survivre pour rien du tout. Dit ma mère en maintenant le cap sur la vérité. Mais pour Georges elle n'avait eu qu'à prendre la mort que le Destin lui avait donnée.

– Demande-lui – dit le livre – non dis-je – demande-lui si elle a oublié dit le livre – mais c'est une question absurde dis-je – mais quand même – je demandai : tu as oublié tout cela. Et comme je m'y attendais elle répond : Oui.

Je n'irai pas plus loin dis-je. Je reviens même en arrière sur les pages.

Dans les grands fauteuils chez mon frère nous nous sommes arrêtés de lutter si serrés les uns contre les autres. J'ouvre les mains. On ne reprend pas l'enfant qu'on a donné. Il faut que je m'arrête me dis-je. Je fermai le livre. Je les contemplais. Ma mère mon frère les parents de mon fils le mort.

Mon frère pleurant ma mère ne pleurant pas mon fils. J'ai laissé la porte de la Clinique se refermer derrière moi.

DU MÊME AUTEUR

Aux Éditions Galilée

VOILES, avec Jacques Derrida, 1998.
LES RÊVERIES DE LA FEMME SAUVAGE, *Scènes primitives,* 2000.
LE JOUR OÙ JE N'ÉTAIS PAS LÀ, 2000.

Aux Éditions Des femmes

SOUFFLES, fiction, 1975.
PORTRAIT DE DORA, théâtre, 1976.
ANGST, fiction, 1977.
PRÉPARATIFS DE NOCES, fiction, 1978, *en cassette,* lu par l'auteur, 1981.
LE NOM D'ŒDIPE, théâtre, 1978.
PARTIE, fiction, 1979.
ANANKÉ, fiction, 1979.
VIVRE L'ORANGE, fiction, 1979.
ILLA, fiction, 1980.
WITH OU L'ART DE L'INNOCENCE, fiction, 1981.
LIMONADE TOUT ÉTAIT SI INFINI, fiction, 1982.
LA PRISE DE L'ÉCOLE DE MADHUBAÏ, théâtre, 1986.
ENTRE L'ÉCRITURE, essai, 1986.
MANNE, fiction, 1988.
L'HEURE DE CLARICE LISPECTOR *précédé de* VIVRE L'ORANGE, essai, 1989.
JOURS DE L'AN, fiction, 1990.
L'ANGE AU SECRET, fiction, 1991.
DÉLUGE, fiction, 1992.
ON NE PART PAS, ON NE REVIENT PAS, théâtre, 1992, *en cassette,* lu par Nicole Garcia, Daniel Mesguich, Christèle Wurmser, Bernard Yerlès, 1992.

BEETHOVEN À JAMAIS, fiction, 1993.
L'HISTOIRE (QU'ON NE CONNAÎTRA JAMAIS), théâtre, 1994.
PHOTOS DE RACINES, essai, avec Mireille Calle-Gruber, 1994.
LA FIANCÉE JUIVE, fiction, 1995.
MESSIE, fiction, 1996.
OR, *Les lettres de mon père,* fiction, 1997.
OSNABRÜCK, fiction, 1999.

Chez d'autres éditeurs

PRÉNOM DE DIEU, nouvelles, Grasset, 1967.
L'EXIL DE JOYCE OU L'ART DU REMPLACEMENT (thèse de doctorat d'État), Grasset, 1968.
DEDANS, roman, Prix Médicis, Grasset, 1969 ; rééd. Des femmes, 1986.
LE TROISIÈME CORPS, roman, Grasset, 1970 ; rééd. Des femmes, 1999.
LES COMMENCEMENTS, roman, Grasset, 1970 ; rééd. Des femmes, 1999.
UN VRAI JARDIN, nouvelle poétique, L'Herne, 1971 ; rééd. Des femmes, 1998.
NEUTRE, roman, Grasset, 1972 ; rééd. Des femmes, 1998.
TOMBE, roman, Le Seuil, 1973.
PRÉNOMS DE PERSONNE, Le Seuil, 1974.
PORTRAIT DU SOLEIL, roman, Denoël, 1974 ; rééd. Des femmes, 1999.
RÉVOLUTION POUR PLUS D'UN FAUST, roman, Le Seuil, 1975.
LA JEUNE NÉE, essai, avec Catherine Clément, Christian Bourgois, 1975.
UN K. INCOMPRÉHENSIBLE : PIERRE GOLDMAN, essai, Christian Bourgois, 1975.
LA, fiction, Gallimard, 1976 ; rééd. Des femmes, 1979.
LA PUPILLE, théâtre, Cahiers Renaud-Barrault, 1978.
LE LIVRE DE PROMÉTHÉA, fiction, Gallimard, 1983.
L'HISTOIRE TERRIBLE MAIS INACHEVÉE DE NORODOM SIHANOUK, ROI DU CAMBODGE, Théâtre du Soleil, 1985.

LA BATAILLE D'ARCACHON, Trois (Québec), 1986.
L'INDIADE, OU L'INDE DE LEURS RÊVES, Théâtre du Soleil, 1987.
LA VILLE PARJURE OU LE RÉVEIL DES ÉRINYES, Théâtre du Soleil, 1994.
TAMBOURS SUR LA DIGUE, Théâtre du Soleil, 1999.

Hélène Cixous
Les rêveries de la femme sauvage

Jean-Luc Nancy
L'Intrus

Hélène Cixous
Le jour où je n'étais pas là

CET OUVRAGE A ÉTÉ ACHEVÉ
D'IMPRIMER POUR LE
COMPTE DES ÉDITIONS GALILÉE
PAR L'IMPRIMERIE FLOCH À
MAYENNE EN AOÛT 2000
NUMÉRO D'IMPRESSION : 48913
DÉPÔT LÉGAL : SEPTEMBRE 2000.
NUMÉRO D'ÉDITION : 576

Code Sodis : S 20 627 0

Imprimé en France